一带一路
人物传奇

周莲珊 主编

昭光 著

佞兰楼兰

山西出版传媒集团 山西教育出版社

## 图书在版编目（CIP）数据

楼兰楼兰／张曙光著. —太原：山西教育出版社，
2018.9（2020.6 重印）
（"一带一路"人物传奇／周莲珊主编）
ISBN 978-7-5440-9774-1

Ⅰ．①楼… Ⅱ．①张… Ⅲ．①长篇小说—中国—当代
Ⅳ．①I247.5

中国版本图书馆 CIP 数据核字（2018）第 016129 号

**楼兰楼兰**
LOULAN LOULAN

| | |
|---|---|
| 出 版 人 | 雷俊林 |
| 选题策划 | 李梦燕 |
| 编辑统筹 | 朱 旭 |
| 责任编辑 | 李梦燕 王 珂 |
| 复 审 | 彭琼梅 |
| 终 审 | 康 健 |
| 装帧设计 | 陈 晓 |
| 印装监制 | 蔡 洁 |

出版发行 山西出版传媒集团·山西教育出版社
（太原市水西门街馒头巷7号 电话：0351-4729801 邮编：030002）
印 装 阳谷毕升印务有限公司
开 本 850×1168 1/32
印 张 7.5
字 数 139千字
版 次 2018年9月第1版 2020年6月第3次印刷
书 号 ISBN 978-7-5440-9774-1
定 价 22.00元

如发现印、装质量问题，影响阅读，请与印刷厂联系调换。电话：0635-6173567。

# 《"一带一路"人物传奇》总序

周莲珊

"一带一路"，指的是"丝绸之路经济带"和"21世纪海上丝绸之路"。2013年9月和10月，中共中央总书记、国家主席习近平在出访中亚和东南亚国家期间，先后提出共建"丝绸之路经济带"和"21世纪海上丝绸之路"的合作倡议，得到国际社会高度关注。

习近平同志"一带一路"倡议，旨在借用古代丝绸之路的历史符号，积极发展与沿线国家的伙伴关系，促进包括欧亚大陆在内的世界各国共同发展，构建一个互惠互利的利益、命运和责任共同体。

加强合作，建设更加美好的未来，意味着我们不仅要开拓思路，积极顺应世界发展的潮流，更应该向历史学习，吸收其中的营养，汲取经验和力量，为未来的发展注入新鲜活力。

2013年以来，中国图书市场上关于"一带一路"的图书选题就已层出不穷，总体看下来，大多都是学术研究型、理论型和史料型的图书。经过对图书市场关于"一带一路"选题持续一年多的调查分析，我们深深感到，有必要为我们的普通读者，尤其是广大的青少年读者，以及数百万的中小学老师和家长，策划、出版一套表现中华民族开拓"丝绸之路"这个伟大主题的、用文学的形式来诠释"一带一路"倡议思想精华的图书。

我们将目光聚焦在长篇小说这一领域。小说属于文学创作，可以把历史梳理得更透彻，把历史人物写得更生动，把历史故事讲述得更动听，把中国文学的语言美发挥得更淋漓尽致。这样，创作出来的作品，会更利于读者接受和理解，更利于我们传播"一带一路"倡议，激发读者更多的自豪感！我们的思路是这样的：以史为基，又不囿于历史，在史实的基础上，进行适度的文学创作，用优美的文字，结合环环相扣的动人的故事情节，塑造栩栩如生的人物形象，将在丝绸之路上做出过杰出贡献的人物，用长篇小说的形式表现出来，既普及相关历史知识，又增强可读性，给读者以文学的滋养。

思路清晰之后，经过与出版社的沟通，首先，我们从"陆上丝绸之路"和"海上丝绸之路"的相关历史人物中挖掘、筛选，确定了十位代表人物；其次，我们围绕着这十位代表人物，放眼国内作家，确定了十位中青年作家执笔，共同创作这套系列丛书。

我们这套书的写作，约请的都是活跃在当代中国文坛的中青年作家——

《西域使者》分册，由辽宁省文化艺术研究院作家编剧李铭执笔。他的多部小说作品获辽宁省文学奖、《鸭绿江》年度小说奖等。

《羊皮手记》分册，由"90后"作家范墩子执笔。他是陕西文学院签约作家，鲁迅文学院第32届作家高级研修班、西北大学作家班学员。

《智取真经》分册，由本名金波的若金之波执笔。他2014年起转型从事儿童文学创作，《妈妈的眼泪像河流》等四部图书获2009年度冰心儿童图书奖。

《妙笔丹青》分册，由辽宁省作家协会第十届签约作家叶雪松执笔。他是鲁迅文学院第二十届少数民族作家班学员。

《丝路女神》分册，由福建省作家协会会员慕榕执笔。他是中国寓言文学研究会会员，现供职于福建少年儿童出版社。

《丝路奇侠》作者周莲珊，儿童文学作家，图书策划人。多部作品获冰心儿童文学奖、"中日友好儿童文学奖"一等奖等。策划的图书曾荣获冰心图书奖和2012年辽宁省"五个一"工程奖等。

《楼兰楼兰》分册，由军旅作家张曙光执笔。他现任职于武警总部政治工作部《人民武警报》社。

《跨海巡洋》分册，由全国十佳教师作家陈华清执笔。她是广东省作家协会会员，中国散文学会会员，湛江市作家协会副主席。

《圣殿之路》分册，由中国作家协会会员赵华执笔。他是中国科普作家协会会员，鲁迅文学院第六届高研班学员。曾获全国优秀儿童文学奖、华语科幻星云奖、冰心儿童新作奖等多个奖项。

《盛唐诗仙》分册，由蒙古族儿童文学作家贾月珍执笔。她是鲁迅文学院第12期少数民族作家班学员，曾获第十一届索龙嘎文学奖（内蒙古自治区最高文学奖）。

确定了人物，找好了作者，要写好这个系列的书稿，创作难度依然非常之大。每一本书，每一个人物，每一个章节，每一个故事……主编、作者、编辑，来来回回，反反复复，推敲，修改，研磨，追寻创作素材，深挖历史人物背后的故事。过程中的艰辛，历历在目。

终于，丛书成稿。

无论主编、作者还是编者，我们共同的目标，就是给读者以更丰富的精神食粮，让读者通过生动优美的文字、扣人心弦的故事、启迪人心的人物，获得全新的视角，得到更加丰富的阅读体验，进而增强民族自豪感，以更饱满的热情进行我们的国家建设。

在创作过程中，每位作者都研究、阅读了大量国际、国内有关历史研究，并参考了海量的相关图书和资料。但百密一疏，即使这样，书中难免出现这样或者那样的不足或错误，恳请读者在阅读过程中，发现错误，批评指正。

主编：周莲珊，儿童文学作家，儿童图书策划人。多部作品获冰心儿童文学奖、"中日友好儿童文学奖"一等奖。策划、主编的图书曾荣获冰心图书奖和2012年辽宁省"五个一"工程奖等。出版长篇小说三十多部，童话集、儿童绘本、长篇励志版名人传记等多部。

# 目 录

# 第一章

≈

# 诗和远方

湛蓝的天空中飘浮着朵朵白云。暖阳斜照，庭院里洒下一地金色的余晖。头顶上的葡萄架枝叶茂盛，结着一嘟噜一嘟噜红里透黑的果子。葡萄已经熟透了，空气中弥漫着浓郁的果香味儿，让人直流口水。性急的小鸟儿叽叽喳喳地叫着，盘旋其间。

身材瘦小、有着一头迷人的金色卷发、秀气灵动的脸上戴一副金丝边眼镜的斯文·赫定，和父母、兄弟、小妹团团围坐在葡萄架下。夕阳透过枝蔓缠绕的绿藤斜射下来，洒下斑驳的光影。

一家人谈笑间悠闲地喝着咖啡，话题总是围着斯文。他的探险经历，惊险曲折。

"哥哥，探险好玩吗？下次一定带着我哦！"像瓷娃娃一样白净漂亮的小妹带着一点撒娇的口吻说着。听着斯文讲述他在波斯的经历，单枪匹马到遥远的他国，坐火车，乘游轮，攀登冰山，穿行大漠……这种种惊险历程，让她心驰神往。

"你以为探险是闹着玩儿呢！"二哥斜了一眼小妹，"冰川严寒能把你的小鼻头冻掉，大漠高温会把你渴死"。见小妹慌乱的目光，二哥故意做出一副凶巴巴的样子，"还有张着血盆大口的豺狼虎豹，一口吞了你！"

小妹吓得用双手捂住眼睛，半天才从指缝里偷偷地往外看，最后把目光定格在斯文身上。

斯文此刻气定神闲，仿佛在讲述一件与己无关的事儿。其实，他知道，探险的艰难过程只是皮毛，是毫无探险经历者的臆想。探险的过程更重要的是考验一个人的心理素质、意志品质和从容面对一切突发事件的心态。

此时，祥和融洽的庭院里的气氛悄悄发生了变化。在父母眼中，斯文刚刚中学毕业，一个人到路途遥远、条件险恶、人迹罕至的地方去探险，每一步都生死未卜，随时都在和死神打交道，长时间不知音信，这对牵挂他的家人是一种煎熬。斯文外出探险期间，父母的心就随之飞到他乡，整日担惊受怕，看他平安归来，欣喜之余，多想对他说："这是最后一次了。"

而对于性格执拗、倔强，一旦做出选择就决不反悔的斯文来说，阻拦是无效的。

父母太了解斯文了。这个身形消瘦的孩子有一个强大的内心。

"孩子，你已经有丰富的探险阅历，也发表了许多有价值的文章，"做教师的母亲小心翼翼地看了一眼不动声色的斯文，从他的表情，根本看不出他内心的真实想法。她迟疑着试探性地说出了自己的希望，"你还年轻，以后要收收心，好好做做学问，搞研究，做一个建筑家，或者地质学家，相信以你的实力和潜质，也一样能做出一番事业。"

在建筑学上颇有造诣的父亲一贯沉稳严谨，他没有直接表明自己的态度，而是用微笑的目光表达对母亲这一番话的认可。

小妹已从最初的惊吓中回过神来，指着二哥的鼻子说："你骗人，你看大哥去过那么多的国家，到过那么艰险的地方，鼻子也没冻掉，人也没被野兽吃掉！"

看着小妹一副委屈的模样，众人哈哈大笑，气氛又活跃起来了。

父母期待地看着斯文，希望他能回心转意，不再拿美好的青春去从事所谓的冒险事业。他们希望，这是从小就富有好奇心和冒险性格的斯文的一时冲动和心血来潮，他会在开始的头脑发热、不管不顾后，冷静下来经过思考放弃再次探险的。

"我已经决定了，要去中国新疆探险。"斯文停顿了一下，看了一眼紧张的父母，仍然用一种沉稳的口气说："这片广袤神秘的大地有神奇的山川河湖、大漠古城，许多地方在地图上还是一片空白，是探险者从没到过的地方，我要走进这片神奇的土地填补地图上这些空白。"斯文的话还是平常那种声调，不温不火，但在父母心中，他的话不亚于一颗原子弹，白色蘑菇云在父母心中冉冉升空，产生了震撼人心的冲击波。

父亲知道，这个不安分的孩子又要开启他那令人自豪、又使人牵肠挂肚的探险苦旅了。

虽然平时父子间交流甚少，但父亲总能准确地触摸到斯文的心思。

斯文一般不会轻易做决定，他一旦开口，那就是在他心中酝酿了许久的风暴已经形成了。好男儿志在四方，要成就一番宏大的伟业，必须要吃别人吃不了的苦，走前人没有走过的路，历尽磨难，才能达到光辉的顶点。作为父亲，自己不能因为害怕前路可能存在危险，就扼杀儿子的理想，让儿子当一棵温室里的小草，平平庸庸地度过一生。

"我支持你！"父亲把信任的目光定格在斯文那张坚毅、果断但还带点孩子气的脸上。

斯文伸出右手使劲地和父亲的大手击掌，发出很响亮的一声击掌声。父子二人彼此传递着力量、信心和期待。

这声音，惊着了在葡萄架上嬉闹的鸟儿，它们抖动灵巧的翅膀，吹着哨子，呼啦啦飞远了，向着远方，一路高歌。

## 2

夜深了，万籁俱寂。

桌上摊着西域探险路线图，那是斯文经过反复琢磨、深思熟虑而制订的。此刻，他毫无睡意，因自己的探险计划而激动不已，以至于白晰的脸上涌动着兴奋的红晕。

"瞧，你的房间简直成了探险者的王国。"父亲走了进来，望着书架上满满的有关世界各地地理的书籍，墙上贴着的斯文初次走出国门探险途中画的素描、拍摄的有代表性的照片，还有作为瑞典国王使者出访波斯受到对方要员隆重会见时的合影，对斯文说道。

父亲的目光定格在墙面正中间位置挂着的一幅精心镶边的大幅照片上："哈，我们瑞典的探险英雄、首次率领'菲加'号科考船考察北极的诺登斯居奥德。"

"我一定要超过他，填补更多的地图空白点，发现更多的人类未知的秘密。"斯文目光炯炯。

"年轻人，有理想，有抱负！"父亲太了解这个倔强而上进的儿子了。他欣喜地翻看着斯文已经出版的游记和考察报告，这些专著，在探险界已经引起轰动。斯文并未把此作为炫耀的资本，而是继续刻苦钻研。"无论做什么，认准了的目标，再苦再难，也要坚持下去。"

父子俩的交流总是很简短，但斯文能够领会父亲的用意。他目视着父亲，神情坚定地点点头。

诺登斯居奥德一次不寻常的北极考察获得的巨大成功，在斯文心中打下了深深的烙印，改变了他的人生轨迹。

父亲清楚，"菲加"号考察有着传奇一般的色彩，曾一度传言该科考船在北冰洋水域遇难，国内外无不关注着考察队员的命运。半年后，就在人们逐渐淡忘了这支考察队时，考察船竟然带着重大发现，历尽曲折，传奇般凯旋。

那一天，斯德哥尔摩万人空巷，人们争相到港口迎接自己的英雄。国王还在王宫设宴款待考察团一行，并给予他们崇高的赞誉，授予诺登斯居奥德"男爵"称号。

富于想象力和创造力的斯文，被这一奇迹般的凯旋深深地吸引。这激发出他加入探险行列，干一番大事业的勃勃雄心，他心中升腾着一种探索人类文明、发掘未知世界的强烈愿望。

他不是一个空想主义者，再美好的蓝图，再美好的想象，只有靠行动才能实现。

海边，他迎着强劲的海风奔跑，奔跑，不停地奔跑。练耐力，挑战极限，从最初的三千米、五千米，到一万米、五万米，从刚开始的空手奔跑，到最后的身背各种野外探险行装奔跑，不断加码，不断超越自我。

"扑通"一声，他一头栽倒在海滩上。

"唉呀！"一位老者发现了这个栽倒在地的小伙子，连忙上前搀扶他。只见他面无血色，半天没有反应。经过短暂的休息，斯文总算缓缓地睁开眼睛。当好心的老者要送他到医院时，他摇摇头，慢慢地活动了一下四肢，向老人致谢后，又咬牙坚持往前跑。

"真是个莫名其妙的小家伙。"老者用不放心的目光追随着斯文的背影，摇摇头，自言自语地说了一句。

野外生存训练中，野外人迹罕至，没有城市的喧嚣，没有商店的繁华，探险者要靠原始的生存能力，挑战人类生命的极限。斯文几天不吃食物，饿得眼冒金星，就从雨后松软的泥土里挖出蚯蚓，生吞下去，蚯蚓的腥味使他的胃里翻江倒海，胆汁都吐出来了。他到树林捕捉野蛇，到水中捕捞鱼虾，强迫自己生吃下去，吐过之后再强忍着咽下，培养自己在孤立无援、弹尽粮绝的环境中顽强生存的能力。

"吞下去，我什么都能习惯，要战胜饥饿、寒冷、困顿、绝望，无论什么样恶劣的环境，都要活下去，成功实现自己的探险计划！"斯文用尽各种办法挑战生命极限，为即将到来的探险计划做准备。

"攀登大山，需要强壮的体能，"斯文望着地图上标有红线的大山，计算着高度，想象着攀登时的情景，"还要掌握专业技能。"

他买来专业攀登绳索，刻苦训练，反复琢磨登山的技巧和要领。他专门在渡轮公司聘请教练，一起对船的构造原理及使用进行了深入的研究和探讨。他还购买了大量探险书籍，挑灯夜战，潜心研读探险专业知识，从中借鉴他人的成功经验。

在探险之路上，绘图、摄影是重要的纪录方式，大量考察的成果要通过这种特殊的载体来反映和体现。这也正是斯文所擅长的。在学校时，他的摄影、绘图就是长项，他在绘画方面有着与生俱来的天赋，他画的山水、花鸟惟妙惟肖，老师把他当作自己最有绘画天赋的得意门生。他虽然没有从事绘画事业，但他在探险过程中能迅速准确地绘制出一幅地形地貌素描，这无形中为他的探险之路增添了神来之笔。

逐渐地，斯文具备了职业探险家所需要具备的综合素质：博学多识，举止优雅，谈吐不凡，语言天赋上乘，能流利地讲英语、瑞典语、葡萄牙语等国家和民族的语言，并有着过人的交际能力。

"我注定是一个天才探险家！"斯文开心地调侃自己。

此刻，在静谧的夜晚，虽然身处温暖舒适的瑞典斯德哥尔摩的家中，身处父母、兄妹浓浓的亲情氛围之中，可斯文的心早已飞出屋门，飞到了留下神奇传说的陌生地域——中国新疆。大漠中千年不息的商队，通过丝绸之路把图案优美、做工考究的绸缎，独具特色的砖茶，做工精致的瓷器，输送到中亚各地，把古老的文明传播到世界各地。

斯文的双脚还没有踏上这块神秘的土地，心中的那团火已经熊熊燃烧。他和这块土地已经有了约定，他要用自己的双脚、自己的眼睛、自己的心，去丈量这片热土，去发现这块热土上尘封千年的秘密，完成自己的探险之旅、发现之旅，让自己的名字和发现成果印刻在这片土地上，让世人知道自己的传奇经历。

酝酿已久的西域探险就要成行了。越是这种时候，斯文心中越有一种大战来临前的激动和亢奋之情在涌动。

但他表面上不露声色。他是个谋事十分缜密、做事计划周全的人，探险途中各种意想不到的情况都可能发生，随时可能和死神打交道，他必须考虑得细而又细，一点儿也含糊不得。

斯文是家中长子。他自幼品学兼优，在地理学和建筑学方面有着很高的天赋。如果按照父母为他规划的道路走下去，斯文的人生之路注定是鲜花铺满的坦途，他可以一帆风顺地发展，过上悠闲体面的生活，可以做一个地质学家，也可以子承父业，成为一个受人敬仰的建筑家。

而生性不安分、勇于创新、敢为人先的斯文，自觉不自觉中，追逐着时代的大潮，走到了探险这条充满坎坷而又魅力无限的道路上。

19世纪末的欧洲，迎来了世界地理大发现的浪潮，四处传播着探险者的新发现，让人们对未知的一切充满期待和神往。一个普通人，驾驶一条小船去探险，对一条河流有了新的发现，一夜之间就会名声大震，成为人们心中的英雄，受到敬仰。

机会之门总是为有准备的人打开。斯文抓住一个到国外做家教的机会走出国门，实现了人生中的初次探险历程，并以自己的成就崭露头角，成为探险新星。

他不是一个见好就收、小进则喜、浅尝辄止的人，他以挑战者的姿态，勇敢地面对下一次。

# 3

虽然对家人轻描淡写，但已经有过一次探险经历的斯文，深知这次到西域之行不同以往，是一次全新的、充满挑战、吉凶未卜的旅程。

前一次探险，是命运的安排，是一种巧合。他先是去做家教，之后成为国王的使者。探险虽然取得了成功，但他不是孤军奋战，并没有独立地面对复杂的环境和突发情况。他有拐杖、有后盾。而这次要去的新疆，和他从小就习惯了的故乡的温润气候不同，那里地广人稀，沙漠、戈壁、干旱，一切都是全新的自然环境，没有亲朋，甚至很少见到口音、语言、肤色相同或接近的欧洲人。遇到的困难是未知的，是不可预测的。

他精心制订这次探险计划，除了把身体和心理调整到最佳状态之外，还做好了充分的物质准备。他用自己写传记出书得来的一笔不菲的稿费，购买了罗盘、手表、手枪、放大镜，还有绘图用的纸笔、抓拍实地实貌的相机，备足了常用药品，这些药品在偏远的地方不可能买到。

细心的他还采购了一些西方的特产，如刀具、小镜子、水笔、水杯等，这些是作为小礼品送给当地居民的。爱好交际、具有快速沟通能力的斯文，以前也把这些小玩意儿送给过各地的居民，往往能收到意想不到的效果。善良、纯朴、憨厚的当地土著，对这些从没见过的西方小物品爱不释手，随后，他们会慷慨地回赠他各种食品和土特产，并热心给他当向导。

他做好了充分的准备，几千里的迢迢路途，好些地方荒无人烟，气候变化无常，探险途中充满艰辛坎坷，需要三至四年或更长的时间才可能完成探险，结局不可预料，或许天遂人愿，或许失败而归，甚至命丧沙海。

到大漠探险，路途中好些地方根本就不存在道路，靠人的两只脚，是无法丈量完这些神秘的土地的。他通过多方途径了解骆驼的习性和特点，在未来几年探险生涯里，他要和沙漠之舟骆驼打交道，成为它的好朋友，并且要和它们同呼吸共命运。他在心理上和骆驼的感情拉近了，他仿佛看到千年古道一峰峰负重前行的骆驼在热浪滚滚、浩瀚无边的沙漠上的身影，大漠无遮无挡的大风把驼铃声传播到远方。

"哦，亲爱的骆驼，我的无声的伴侣，我来了！"有着诗人般豪放气质的斯文陷入冥冥联想之境，他的耳畔回响着叮咚作响的驼铃声，他已情不自禁地和骆驼进行了心灵的沟通。

万事俱备，只欠东风。离家的日子到了，母亲的笑容中含着淡淡的忧愁和牵挂。只有不懂事的小妹再三叮嘱哥哥："一定记住给我带回一件漂亮的丝绸做的裙子啊！"

斯文弯下腰，抱了抱可爱的小妹，并在她那白嫩的脸颊上轻轻吻了一下，刮了一下她的小鼻头，郑重地说："一定！"

脸上挂着笑，一直没有开口说话的父亲望了望天空，十月里明媚的阳光照射着美丽海滨城市宽阔的街道，街道上车水马龙，林荫道上一对对情侣怡然地徜徉着，一切一如平常。美丽而熟悉的故乡之城，用一种平常而宜人的天气欢送自己的游子，祝愿他在新的征程一帆风顺。

"保重！"父亲握住了要远行的斯文的手，用力地握着，似乎一松开，儿子就会在眼前消失。斯文感到父亲握他的手越来越用力，久久不愿松开，似乎是想通过这种传统方式，让父子俩在一块儿的时间延长些。

"放心，相信我的实力！"少年不知愁滋味的斯文，此刻的心已飞到了遥远的大漠。他有些挣脱似的松开了父亲的手。父亲那双建筑师的细腻、柔软的手，此刻，有一丝潮湿。

"一路顺风，多来书信，早日凯旋。"看着儿子消瘦而熟悉的身影渐渐远去，母亲含泪招手。

# 第二章

〰

## 毡房夜话

## 1

正午，强烈的紫外线照得人睁不开眼睛。前方的山道土质坚硬，空旷而寂寥。斯文和向导策马缓缓而行，戴了铁掌的马蹄踏在山道上，发出"嘚嘚"的声响，在空旷的山谷回荡，显得格外响。

斯文骑在马上，很悠闲，很享受，看样子对一切都很感兴趣。他时而用望远镜观察远处起伏的山峦，时而目视眼前不知名的草丛，并不停地向身边的向导学习几句当地语言。

"停下！"在山谷口，两个军士拦住了这对特殊来客，做手势示意他们下马接受检查。

"你好。"斯文像遇见老朋友似的翻身下马，满脸带笑向军士打招呼。

军士用眼睛不停地来回扫视着面前的两个人。向导模样的人身穿当地服装，通红的脸庞，一看就是久经风吹日晒的牧民；倒是这个操着夹生当地语言的小个子，白皮肤，一头金色的卷发，醒目的蓝色眼睛，眼窝很深，像一泓深湖，望不见底，高耸的鹰钩鼻子，很明显不是当地人，因而加强了对斯文的盘查。

斯文不慌不忙，向军士说明了自己的身份，并解释此行探险的目的，还拿出香烟请军士品尝。

"请！"这个奇特的小个子身上有股打动人的魅力，他配合的态度让军士产生了好感。他们认真检查了他所携带的行李和装备，确信对方除了探险，无其他企图后，就做出了放行的手势。

"谢谢！"斯文向军士弯腰鞠了一个九十度的躬。

"先生，愿您此行交好运！"两个军士还感到有点不可思议：一个千里之外的欧洲人，放着那么舒适的大城市不好好享受，跑到这偏远的不毛之地探什么险？

"不过，你可别说，这老外的烟卷还是别有一番风味的。"望着远去的小个子，一个军士使劲儿吸了一口香烟，慢慢地品味着。这烟卷看着精致，乍一抽起来劲儿很冲，可后劲儿甘醇，有品头。

虽连日奔波，斯文却毫无倦意。

此次远行，斯文先乘火车，长驱一千多公里穿过俄罗斯后，又换乘马车，马不停蹄地赶路。

路上，大自然千奇百怪的景象让他着迷。乘马车经过无垠的大草原，蓝天白云下，身着民族服装的土著骑着骏马放牧牛羊，流水潺潺，在阳光下泛着金色的波光，像一幅油画，铺展在大地的怀抱里。夕阳晚照下，成群的牛羊在悠闲地吃草，一座座毡房像油画里的神来之笔。他不断地用笔描绘这奇特的异域风情。

走到一处，他受到了野生动物朋友般的"礼遇"：成群的野生羚羊、野马、野驴追逐着他的马车，仿佛久违的朋友，陪伴他的旅程。他拿出相机不停地拍摄。

"砰！"就在他陶醉于人和动物的追逐嬉戏时，随着一声枪响，一只野生羚羊胸部中弹，前腿向前努力跳跃了一下，随即痛苦地闭上眼睛，倒在了地上。斯文一下子愣住了，他的思绪还停留在野生羚羊在辽阔大草原上自由奔跑的优美姿态中，却看到一个猎人提着一支枪口还冒着烟的猎枪向中弹的羚羊跑了过去，围着羚羊看了看，似乎很满意自己的枪法……

斯文痛苦地闭上了眼睛，思绪又回到了探险的现实之中。在探险的道路上，会遇到各种险境，人在饥渴难耐时，为了生存，会获取猎物以取食，甚至包括各种怀孕的野生动物以及幼小的动物，这都是常见的。但他的心中还是隐隐作痛。他发誓，如果不到万不得已，一定不会捕杀这些可爱的精灵。

横跨欧亚大陆，长途跋涉，途经平原和高海拔地区，他跨越过了十多个时区，经历了各种极端天气：沙漠中的干旱高温，晒得人简直想打个地洞钻进沙里去。人困马乏之际，干旱缺水之时，人会对水产生无限的欲望，所以一遇到沙漠中的绿洲，行人就像遇到了久违的家乡，使劲地用鼻子嗅着青草和树叶的气味儿，觉得怎么也闻不够。见到清泉，他们一顿猛灌，肚皮大得像无底洞，怎么也喝不够。此时如果有一个能盛天的容器，他们真想连泉水带泉眼一并带走。这种刻骨铭心的感觉，没有经历过探险的人是不可能体会到的。到了高海拔地域，一天之中，旅人要经受四季的天气变化，一会儿阳光似火，简直要把人的皮肤烤化，让人恨不能跳进冰窟窿里把自己冷冻起来；一会儿冰雹铺天盖地，砸在人头上、身上，气温骤降，冻得人瑟瑟发抖，把皮袄、皮裤全副披挂上，也仍然抵挡不住严寒的侵袭，真恨不能钻进火堆中。个中滋味，艰辛而刺激。

## 2

走进一个小村落，村边的潺潺流水，在阳光下泛着金光。河岸上是一片丰美的草地，生长着芦苇、红柳，水鸟盘旋其间，牛羊安闲地吃着草。

河边座座毡房像天空中的白色蘑菇云，独特而醒目。牧人们骑着骏马，挥舞着带红缨的长鞭，往来驰骋。看到有生人闯入，他们挥动手中的长鞭，炫耀似的在空中划过一道美丽的弧线，清脆的声音在山谷间回荡。

田园牧歌式的恬淡生活，自由自在的牧民们，他们世世代代生于斯，长于斯，人畜兴旺。斯文的内心涌动着一种亲近感。

"你们好!"他张开手臂，用西方人特有的夸张表情，热情地向人们打招呼。牧民们用新奇的目光望着这个陌生的异乡来客。

斯文一副西方人的面孔，一副不同常人的做派，引起了人们的好奇。百年传承的淳朴民风注定当地人不会和陌生人套近乎。

向导向人们介绍了斯文此行的目的。当地人对探险显然不甚理解。斯文这几日一有机会就向向导询问当地的风土人情、地理特色、语言表述，他已经学会了当地常用的一些俚语。

"请问您高寿?"斯文发挥他善于交际的外交手段，用蹩脚的当地话向一位身材高大、有着古铜色面庞、银须飘飘的老者问候着，并递上了一支香烟。

老者不动声色，神情中透着冷峻。他显然是这个村落里有声望的人，人们无形中都在看着他的眼色行事。善于察言观色的斯文自然而然地跟他套近乎。

斯文的热情，让人们觉得滑稽可笑。老者面无表情，人们就绷着脸努力不使自己笑出声。

饱经沧桑的老者虽然不正眼看来者，但他那深邃的目光直刺对方内心。面对斯文现学现卖的蹩脚的当地话和笑着递过来的香烟，他既没有拒绝，也没有逢迎，对斯文矜持地一笑，抖了抖自己长长的烟杆和旱烟袋，深深吸了一口。

斯文自己点着香烟，气流将那种不同于当地旱烟的味道在空中传播开来。

有人使劲地用鼻子嗅了嗅，那味道，怪怪的。

斯文看着老者沉稳的神态，心里暗暗感叹，难得在这穷乡僻壤见到这样一位气宇不凡、不卑不亢，举止优雅稳重的老者，他心里对老者陡增几分敬意，产生了一种想画下来的冲动。

他打开画夹，用画笔在纸上比画了几下，笑意盈盈地说："我能为您画幅像吗？"

老人显然没有明白他的意思，但伸手不打笑脸人，就仍保持着刚才那种老成与稳重的神态。天晓得这个洋人玩什么新花样。

斯文在一块平整的大石头上坐下来，展开画夹，细细地打量老人片刻，低下头，"沙沙沙"，只听见画笔落在纸上的声音。人们都静静地站在后面，却按捺不住心中的好奇，有的人踮起脚尖向斯文面前摊着的画纸上窥探着，但显然没看清楚什么。空气仿佛凝固了。

"您看，像您吗？"斯文双手将自己的画作捧给了尊贵的老者。

老人似乎是漫不经心地瞟了一眼那幅展现在自己面前的画

纸，目光一下像被火光点亮一般，惊奇地看着眼前的画作。他真的不敢相信自己的眼睛。活了一辈子，在当地也算见多识广，但他还没见过有人能这么快速而神奇地将自己活脱脱地展现在纸上。真神了！

见老者如此模样，一旁不明真相、早就想一睹这个西洋人画作的人们都慢慢围上来。只看一眼，他们的嘴巴立刻张成了"O"型："天哪，怎么画得这么像？"那衣服，那身材，那面孔，尤其是那一双深邃的眼睛，简直像会说话一般，惟妙惟肖，活灵活现。人们惊讶不已。

牧民们啧啧称赞着，也有胆子大的，想让斯文为自己也画一张肖像，可是望了望老者，欲言又止。老者这时已恢复了平静，眼中如炬的火焰也已平息，深藏在深水潭一般的眸子里。他望着斯文的目光中分明增加了一丝柔和。

斯文此时看到一位面孔白里透红、眼睛大而有神的漂亮姑娘，她身着艳丽的服饰，衬出婀娜多姿的身材。姑娘长长的眼睫毛下一双忽闪忽闪的丹凤眼，散发着一种梦幻般的光芒。她大胆又有点撒娇似的看着老者说："爷爷，我也要画一张。"她用手指指斯文，做了个用手画画的动作。

刚才斯文为老者画像的时候，大家的注意力全部集中在斯文和老者身上，只有姑娘的眼睛专注地盯着斯文手中的画笔。

敏感的斯文用第三感觉，捕捉到了姑娘的目光。

老者没有说话，只是赞同地颔首捋了捋银白的过胸胡须。

　　姑娘大大方方地站到斯文面前，身体稍稍前倾，俏皮地做了一个"请吧"的手势，用一双明眸望着斯文。

　　斯文的目光注视着姑娘，那一头浓密而光滑的发丝，那鹅蛋型脸庞上的灿烂笑容，自然纯情，活泼可爱。这一刻，他仿佛看到了远在家乡的妹妹，一种亲近之感涌上心头。

　　周围的人都专注地看他的反应。风从山谷吹来，喧嚣的气氛一下子变得肃静。斯文轻轻地展开画纸，随后指了指不远处一头正在吃草、铃铛在脖子上随风作响、长长的鬃毛披散在胸前的骆驼。此刻，它神态安详，悠闲自得，夕阳映衬着它泛着金色的鬃毛，脑门上白里透黑的斑点，尤其醒目。它目光里流露出的柔顺，让斯文怦然心动。

　　众人的目光也随之望去。那是一峰当地人常见的、普普通通的骆驼，没什么新奇的。

　　"喜欢骆驼吗?"斯文轻轻地问姑娘。

　　"喜欢。"姑娘银铃一般的嗓子，像唱歌一样动听。"花斑，过来。"姑娘冲着那头壮硕的骆驼喊了一嗓子。

　　令斯文震撼的一幕出现了。随着姑娘的一声呼唤，那峰脑门带斑点的骆驼迈开四蹄，撒着欢儿一路小跑而来，脖子上的铃铛有节奏地响动。它昂首站在姑娘身边，任姑娘用纤纤细指对它带有斑点的头部和长长棕毛覆盖下的背部轻轻抚摸着。这爱意，通过人体传递到动物身上，骆驼也产生了感应。它乖巧而柔顺地把头贴着姑娘的头，发出低微的哼哼声。

以放牧为生的民族，牛、羊、骆驼等牲畜，就像是这个大家庭里的一员，它们与人和谐相处。

斯文被这天人合一的景象迷住了，他用画笔记录下了这一切。画完最后一笔，他仍然保持着画画的姿态，入神地看着画作。在暮色渐合、远方群山苍茫四起的背景下，衣着艳丽的姑娘和一峰目光柔顺的棕色骆驼自然而又亲密无间地融为一体，既传神、生动、逼真，又令人产生无限的温情。

众人围上来，发出阵阵惊叹声。斯文从入神的状态中回过神来，把手中的画双手递给可爱的姑娘，"送你了！"

姑娘接过了那幅画，目光却盯着斯文手中的画笔和画夹，似有不舍。

"哈哈哈，"斯文发出了爽朗的笑声。他轻轻拍拍姑娘的头，"你喜欢画画吗？"他的这一自然表达亲切的举动，在西方是很常见的，可是在当地人的眼中，初来乍到，他的这一对他们心中女神一般圣洁的姑娘随意触碰的行为，有些扎眼。

斯文看到一个身材挺拔、脸庞漆黑、眼神凶猛的小伙子，本来一直沉默无言，看到他拍了拍姑娘的头，便铁青着脸，眼中流露出愤怒的火花。斯文像触电一般，把手收回。

"喜欢！"好在姑娘很敞亮，不等斯文话音落地，聪慧的姑娘立即接过话头："你能教我画画吗？"

"十分乐意效劳。"面对如此纯洁、美丽的姑娘，斯文打心眼儿里高兴。斯文不远万里，来到这神秘的国度，从某种意义上说，正是通过探险把西方现代文明带到了古老的东方，又以悠远历史的丝绸之路为纽带，把东方文化传播到世界各地，通过人类文明的交融，共享东西方精神财富。

气氛融洽起来。老者脸上刀刻斧凿一般深深的皱纹也绽放开了。那个冷面小伙子见姑娘开心，棱角分明、显得分外冷峻的脸庞也舒展开来。

斯文于是把自己到新疆探险的计划向人们做了详细的介绍。人们除了不解、惊叹以外，也表达出莫名的激动和兴奋。

老者表达了赞同，答应挑选精壮有力、有攀援经验的小伙子们帮助斯文实施探险计划，并将给探险队提供衣食和所需工具。

## 3

炽热的篝火在夜幕中燃烧。天高风轻，天空像一块深蓝色的大幕，稠密的星星像宝石点缀其中。倏地，一颗流星划过，拖着长长的漂亮的尾巴，很快消失在天际。

热情的当地牧民，一旦接纳了一个友好的客人，就会张开热情的怀抱，尽情地款待尊贵的来客。

在老者的张罗下，人们杀牛宰羊，还专门派出枪法出众的小伙子，突击打猎，捕获了野鸡、野兔、大雁等众多野味，举办了盛大的篝火晚会。

在这个坐落在大山脚下、有河流围绕、有宽阔的岸畔草地的空场地，人们架起了篝火。空气中弥漫着柴火和烤肉交织的香味。

精壮的男子和健美的妇人，一起围着火堆，跳起了欢快的锅庄舞。有节奏的号子传递着力量，脚步声和号子声穿越云层，震撼人心。

斯文作为贵宾，坐在老者身旁。面前的长条桌上，摆满了琳琅满目的富有当地特色的面食和新烤好的表皮流着油汁的牛羊肉、野鸡、野兔肉。斯文一边看着兴高采烈、热情奔放的舞者，一边大口吃着肉。入乡随俗，他自觉摒弃了西方人吃西餐的讲究和繁冗程序，也和大家一样，尽兴地用手抓着烤熟的羊腿，吃得满嘴流油。老者举起一碗马奶酒，和斯文手中斟得同样满满的酒碗相碰，两人很豪气地一饮而尽。甘冽醇厚的马奶酒下肚，一股翻江倒海般的火辣辣的热流在斯文胸膛里酝酿着风暴。斯文是个富有挑战精神的年轻人，身体里奔涌着激情的血液，他大口地咀嚼着肉食，端着酒碗，和前来敬酒的人碰杯。

他感受到了来自异域民族奔放、豪迈的热情。在半醉半醒的状态中，他跌跌撞撞地加入了跳舞的行列。他那歪歪扭扭的身体和踉踉跄跄的步伐，看似错乱无章却应对自如，看似将要摔倒却又灵活换步调整身型，他那带点自创的舞姿让大家忍俊不禁，同时又大大激起了人们的兴致。

喧闹、热烈的篝火晚会因为有了一个有趣的西洋人，像是增添了新鲜血液。人们通过斯文的言行，接纳了这个来自西方的友人。

晚会结束后，老者把客人迎进自己宽大、豪华的毡房。此时，外面的气温骤降至零下十几摄氏度，而帐内却热气腾腾。几盏雪亮油灯把毡房照得亮亮堂堂，酥油茶散发出诱人的香味，桌上摆放着招待贵客的奶酪、奶豆腐和糖，人们围坐在粗毡上，一边喝着又香又醇的酥油茶，一边敞开心扉、互不设防地聊天。

斯文说起了他的探险经历，说到他作为国王的使者出访，受到对方国王、大臣的接见，说到他的冰川、大漠见闻及获得的荣誉、他的雄心大略。听众虽然都带着酒意，但听得很入神，被他的话深深吸引住了。

"那么，你的下一步计划是什么呢？"老者颔首赞叹之后问道。虽然面前的西洋人身材瘦小，相貌平凡，但他那和年龄不相称的过人胆识、才华和勇气，还有他身上那种强大的磁场，却放射出强大的魅力。

即使已经喝了不少酒，一说起此行的目的，斯文的头脑还是格外清醒。他望着老者，又恢复了他平稳而自信的语气："下一个探险目标，是攀越慕士塔格峰。"

他说出这话时，声音并不高，但在座的每一个人都听得清清楚楚。大家惊呆了，连见多识广的老者也吃惊得把含了一口的热茶吐了出来，手上的茶碗差一点掉在地上。

热气腾腾、气氛热烈的毡房内一下子变得安静下来，只有那几盏油灯的火苗微微晃动着。

"慕士塔格峰是一座神山，峰顶高达7500多米，我们祖祖辈辈在这里居住，谁也没有上去过。"老者喃喃地说。

"再高的山峰，总要有人跨越，如果我是第一个攀登神山的人，那就太荣幸了。"斯文自信地拍了拍胸脯："我一定要登上去!"

老者眼中的火苗一点点暗淡、沉寂下来。斯文不失时机地递上一支香烟，并用火引子给老者点着。借着火引子微弱的光，斯文看到老者的面部轻微地抽搐了一下，随即又恢复了平静。老者深深地吸了一口烟，望着缓缓散开来的烟雾，说起了关于神山的传说。

"神山号称冰川之父，自古没有人翻越过，也就没有路。5000米以上的地方气候变化无常，冰雹、雨雪弥漫，冰川、冰河林立，处处危机四伏，险象环生，耐寒的野生动物也鲜有生存，就连飞鸟也飞不过去。"

毡房里很静，老者古铜色的面庞在忽闪忽闪的油灯下显得更加神秘，似乎冥冥中充满一种神奇的魔力。"传说，山顶常年冰雪覆盖，是一座圣人的宫寝，安息着先哲。也有传说，山顶是仙人住的地方，有河流，有湖泊，仙人们过着无忧无虑的生活，个个长生不老……"

听着这些神奇而动人的古老传说，斯文知道，要说服人们相信科学不是一朝一夕的事，只有在大无畏的探险精神的指引下，用科学揭开这些神秘的面纱，才能让人们认识到人与自然的关系，进而推动人类认识的进步、思维的转变。

走出毡房，外面寒风凛冽。斯文望着天空，那天空中的星星不知什么时候隐去了，天宇上一片朦胧、混沌，似乎在为神山的传说加以佐证。

"冰山之父，我一定要见识一下你的真面目。"斯文面对空旷的四野，心底升腾起了渴望冲顶的万丈豪情。

# 第三章

≈

# 百折不挠

## 1

古老的村庄里洋溢着一种莫名的躁动、不安和兴奋。那个长着一头浓密金发、鹰钩鼻子、白净面庞的小个子西洋人要登神山，要揭秘千年神话，这自然引起了人们极大的好奇心。

老者维持着他一贯的平稳和不张扬，用行动支持斯文的这一重大决定。他精心挑选善于攀登、身强体壮、头脑灵活的小伙子，从各家各户抽调个头高大、壮实有力的骆驼和马匹。有老者出面，每一户热情的牧民都争相把自家最优良的骆驼、马匹贡献出来，若自家的被选中，都像中了彩一样骄傲。

那个身材像白杨一般挺拔、脸像烧透的焦炭一样黝黑、眼睛大而有神的小伙子，第一个积极要求参加探险队。小伙子外号叫豹子，真实姓名大家都忘记了。他身手敏捷，反应很快，攀登经验丰富，斯文很满意。斯文使劲拍拍小伙子的肩膀，感到小伙子虽然瘦削，却像铁塔一般结实；使劲推他一掌，他竟像脚底生根一般纹丝不动。

"好伙计，真是一头勇猛的豹子！"斯文和他相视一笑。不善言辞、显得有点木讷的小伙子憨厚地咧嘴一笑，口中的牙齿竟白得晃眼。斯文想象不到，这样一口惯常撕咬牛羊肉的牙齿，该有多么坚硬，多么锋利。

斯文把自己带来的一把灵巧锋利的匕首送给了小伙子。小伙子接过后，熟练地用手指试试刀锋，满意地笑了。笑得很真诚，发自肺腑。显然这是个爱刀、懂刀的人。

这个平素不苟言笑的年轻人，和斯文真是好缘分，今天，竟然破天荒地两次露出笑容。

还有一件让斯文快意的事儿。征选的五匹骆驼，个顶个膘肥体壮，毛色油光闪亮，像着了油彩一般，一个个显得威风凛凛，气度不凡。它们在斯文的注视下，似乎像优秀的士兵面对将军的检阅，在坚硬的石子路上，迈开了有力的蹄子，几乎把坚硬的地面砸出火星。尤其是那头浑身棕色长毛、脑门上带斑点的"花斑"，那长长的驼毛像绸缎一样光滑，在强烈的阳光直射下闪闪发亮，晃得斯文眼前仿佛闪着金星。他似乎在梦中和这头骆驼有约，一股亲切感顿生。而奇怪的是，这头骆驼仿佛有灵性，昂首走到斯文面前时，在他的身边停住了，定睛望着他。

"天啊!"斯文几乎叫出声来,这是一双什么样的眼睛啊!明亮、柔情,似乎又酝酿着一丝潮润之气,它柔顺地望着斯文,似乎在和斯文交流。"花斑!"斯文一下子喜欢上了它,伸出双臂,抱住了它的脖子。

热情的人们送来了各种肉食和干制面食物,足够路上几天用的。有了物资保障,斯文信心百倍。

阳光晴朗的早晨,探险队经过充分准备,就要出征了。在老者的主持下,全村男女老少,聚集在空旷的草场上,开始了庄严的祭天仪式,祈祷神灵保佑这支探险队伍。震耳欲聋的炮仗声中,斯文和每一位探险队员喝了壮行酒,拔寨起程。

这时,爱画画的苗条姑娘匆匆赶来,把自己刚画好的一幅骆驼图展现在斯文面前:"喜欢吗?"

姑娘叫苗苗,她那像碧湖一般纯洁透明的眼睛望着斯文。斯文出神地看着这幅画法尚显稚嫩的骆驼图,感受到了一颗心中有梦想、渴望了解外面世界的年轻人的心。如果受到良好的教育,如此聪慧的年轻人定会展翅翱翔,飞越蓝天和大海,有着不可估量的远大前程。他珍惜地收起这幅骆驼图,放入自己的行礼箱。姑娘把自己最喜爱的小狗花花送给了斯文,作为对洋老师的一种祝福。

这是一只灵活、聪明、机智的小狗,虽然个头不大,但机警过人,勇气非凡。

# 2

这是斯文探险生涯中第二次攀登名山。

"千年神山，我来了！"斯文带着探险队昼夜兼程，向神山进发。越接近大山，他心中越有一种征服它的渴望和激情。望着庞大的山体，陡峭的山峰，斯文有一种大战前的冲动。

精心挑选出的小伙子都是第一次参加探险，甚至连"探险"这个词儿也是刚刚知道什么意思。

在他们心中，山川河流，千百年来一直存在着，无论人类是否关注它们，一直就那样屹立着，流淌着。至于这些山川河流是什么时候形成的，在时间的长河中隐藏着怎样巨大的变迁和惊人的秘密，他们中间没有人去关注它。就像神山，尽管它有着种种神秘的传说，但对于生于斯、长于斯的普通人来说，并没有谁动过登上神山顶峰一窥究竟的念头。本来嘛，放牧、打猎，日复一日，年复一年，一年四季都有固定而有规律的周而复始的生活轨迹和流程，人们只知道围绕生计，辛苦劳作。

不安分的小伙子们，除了生存，最大的精神动力，就是追求美丽的少女。为了心爱的姑娘，他们通过比武、摔跤、唱歌等来展示自己的肌肉，展示自己的强壮，以勇猛强悍、健壮有力博得姑娘的芳心。

苗苗是方圆百里有名的漂亮姑娘，圆圆的脸庞，高挑的身材，银铃般的嗓子。清晨空气清新的草场，黄昏夕阳西下的河畔，总能听到她那优美、悠扬的歌声，惹得远远近近的小伙子们争相追逐。

豹子是人中龙凤，是小伙子们最有力的竞争者、挑战者。为了追到心爱的姑娘，他和情敌展开了多种较量。在这片地广人稀的热土，传统的优势他都具备。结实的外表下，他有一颗勇敢的心。谁的马能骑出他那样的雄姿？谁的枪法敢与他争锋？他曾经在放牧中突遇暴风雪，被困三昼夜，但他凭着顽强的毅力，勇敢地与大自然的风暴抗争。大雪弥漫山野，眼前一片银白。何处是故乡，何处是来路？他在迷途中不慌乱，不放弃，心头始终升腾着一种一定要把羊群安全带回去的信念。在陷入困境时，他的心中有一双明眸支撑着他，一个俊俏的身影在他心中燃起一团火，他不但要四肢健全地生存下来，还要把羊群安然无恙地带回去，让天下人都睁开眼睛看一看，只有他才配得上美丽的苗苗。就在人们都认为他已经遇难的时候，他奇迹般地挥动着鞭子，骑着那匹忠实的骏马，带着他的饱受风雪摧残的羊群，出现在村庄。人们欢呼着迎了上去，迎接他们的英雄战神凯旋。

对于牧民来说，还有什么比用生命保卫自己的牛羊更重要的壮举呢！这位年轻的小伙子，用行动捍卫了自己的荣誉，完成了自己的使命。当他看到欢迎的人群中那个在梦中多次出现的姑娘的身影时，他的眼前像燃烧着一团火。他仿佛找到了生命的归途，心安了，放松了，一头栽下马来。醒来后，他看到苗苗也在他的毡房里，一双俊美的眼睛大胆地看着他，那目光里，有火辣，有温情，有一种他从未见过的让他心跳的含义。这目光，足以融化几天来暴风雪在心里凝结的坚冰，让他坚硬外表下的内心翻起了层层波浪。

只是，他不善于交流，不会在心仪已久的美丽少女面前表白。

还有一次，在野外放牧时，他挑选了一处水草丰美的牧场，那里远离牧民。夜里，星空低垂，万籁俱寂，没有一丝风。他在帐篷里安然入睡。他梦到了苗苗用她那双会说话的眼睛，含情脉脉地注视着他。他一下子抓住她的手，抓得紧紧的。他把她的手放在自己的心口上，让她听自己的心怦怦跳动，他说了那么多的话，他一生都没说过那么多的话，那些滚烫的、发自肺腑的话，连他自己都被打动了，姑娘也感动地流下了热泪……

在甜美的梦境中，他突然听到羊群的惨叫声，激烈的、撕心裂肺的声音将他惊醒。他翻身站起，抓起猎枪冲出帐篷，狼群正在偷袭他的羊群。他顾不得多想，朝天鸣了一枪，而红了眼的狼群根本不听忠告，仍然大肆对羊群进行围攻、撕咬。他怒火万丈，对着眼前那个眼睛闪着绿光的家伙就是一枪，那只狼发出了一声凄厉的哀嚎。狡猾的狼群是有分工的，司职放风的头狼首先向他发起攻击，扬起利爪凶猛地向他扑来，他来不及多想，挥起手中的猎枪劈头打去，头狼猝不及防，惨叫一声倒在地上。而另外两头狼分两面向他攻来。他已经适应了环境和形势，灵巧地腾挪移动，瞅准时机，用枪托连着干掉两头狼。而更多的狼向他包抄过来。他镇定地站立，紧握猎枪，保持格斗姿势。狼似乎知道对手的厉害，一步步缩小包围圈，和他形成对峙。危急时刻，附近听到枪声的牧民们举着火把，一边朝天放枪，一边催促战马朝枪响的地方狂奔。狼意识到了危险，放弃了进攻，疯狂逃窜。他推膛上弹，只听"砰砰"的几声，干掉一个，接着又干掉了一个……

大队人马赶到时，狼群已逃窜得无影无踪。而他像一个战神，浑身是血，身上几处被狼的利爪、尖利的獠牙划破，胳膊上、腿上受伤的部位鲜血直流。

这一切，为他赢得了"豹子"的荣誉。

他的英武和坚毅，在牧民中有口皆碑。但他从来没想到要攀登这座神奇的大山。他第一个报名参加探险队，很大原因是他心爱的姑娘迷上了向斯文学画画，他向斯文靠近，也是想自己能挡在姑娘和斯文中间，抢先博得姑娘的芳心。

同时，在他内心深处，这个洋人从相距千山万水之外的异域来到这里，要去探寻大山的秘密，揭开大山神秘的光环，他虽然不理解这其中深奥的含义，但他明白这需要非凡的胆量，是强者的作为，这一下子点燃了他的好胜心，让他鼓足了勇气跟随斯文闯荡大山。他在心里祈祷这次行动的成功。前些天，他喜欢的姑娘迷上了这个小个子洋人的画，对他崇拜有加。而这个洋人也确实有一种魔力，不出几日，竟然教会了苗苗画画。这位洋人还有一个望远镜，可以看到很远的地方；还有手中那神奇的铁玩意儿，通过一个窗口，"咔嚓"一声，就能把人的影像拍下来。这位洋人让他开了眼界，让他的眼睛透过大山、大漠、草原，看到了更广阔的世界。

被登山计划激发出血性的，不仅有体格强健的小伙子，连挑选出来的骆驼和马匹，一个个也抖擞精神，迈着有力的步子，向大山挺进。

终于抵达山脚下了。大山巍峨，以傲人的气势高高耸立，一眼望不到顶。它那巨大的山体、陡峭的山峰，仿佛在嘲笑凡夫俗子的不自量力，压得人们喘不过气来。

斯文决定从北面开始翻越大山。开始，山势缓和，土质坚硬，杂草丛生。豹子用砍刀挑开丛生的荆棘枝蔓，在前头带路，一干人马脚下发力，向上攀登。小狗花花在斯文身前跑来跑去，来回跳动，展示其"不凡"的身手。这小家伙，不仅在平地上静若处子，动如脱兔，有着灵敏快捷的身手，即使在山间的杂草和藤蔓中，它也能轻灵而自由自在地穿行其间。斯文一路上走走停停，不时用望远镜观察一下山势、地貌、植被和土质概况，研究不同高度的土质、植被变化。小狗花花在他身边来回跳跃着。

夜幕渐渐合拢，笼罩着四周的一切。山间黑黢黢的，山风吹来，散发着侵骨的寒意。

"就在这里宿营。"斯文测定了一下，当天行进速度比预想的快，已攀到海拔1000多米的山上。他选定一处背风、平缓的山坡，指挥队员安营扎寨。

豹子指挥大家利索地搭起帐篷，骆驼和马匹拴在帐篷四周。它们的样子很悠闲，首日并没有遇到多大的挑战。

"愈是接近顶峰，愈充满未知的凶险。"斯文提醒队员们。他有过一次攀登的经历，那次是海拔5000多米的波斯名山。当时他们付出了沉重的代价，差一点葬身悬崖。他深深地体会到探险途中每一步都危机四伏。

而其他队员，还没有真正见识到神山的险恶面孔，反而保持一种"不过尔尔"的心态，一种初生牛犊不怕虎的模样。豹子不苟言辞，但做事干练、利索，真是一位不可多得的向导。

斯文自己独处一个帐篷，还有小狗花花。其余的人住在一个大帐篷里，食品、饮用水充足。队员们点起大火，驱散寒意，尽情地享用带来的牛羊肉、奶酪和干粮，大口地喝着自制的烧酒。

在神奇的冰山之父的山腰上大口吃肉，大口喝酒，真是快意无比。月亮渐渐地升上来，又圆又大，星星零碎地点缀在天空中，离头顶那么近，那么亮，仿佛一伸手就可以摘下来。一个活泼的队员放开嗓子唱起了本地民歌，歌声粗犷、豪放，富有穿透力。其余的队员受到感染，也跟着唱了起来，声音很响，在山间轰鸣。平素寂静的山野一时间热闹了起来，连山间的野生动物也惊动了，它们竖起灵动的耳朵，没有弄明白是怎么回事。它们意识到没有危险后，才放松了下来，饶有兴趣地隐身在草丛中、岩石旁观看、聆听。

斯文本来就是一个富有激情的人。他取出自己携带的笛子，吹奏起来。遥远的家乡，美丽的风光，优雅的曲调……山沉静了，队员们都在侧耳倾听，西方乐曲让他们既感到陌生又沉醉其间。连小狗花花也不闹腾了，安静地半蹲在帐篷一侧，静静地聆听。

## 3

一夜酣睡。第二天队员们精力充沛，继续攀登。

山势越来越陡峭，仰头望上去，峭壁直立，刀刻斧凿，遥遥望去，山顶白雪皑皑，在阳光的反射下像镀了一层金子，晃得人眼花，给人梦幻般的感觉。山崖下悬挂着银白色的冰挂，造型奇特，形状各异，美艳惊人。四周寸草不生，裸露着褐色的土质，不见绿色的影子。头上方怪石嶙峋，像一群妖魔鬼怪，张牙舞爪，似在向队员们示威。怪石有的深入山体，坚固、结实，抓上去有种踏实感；有的则"虚晃一枪"，看似表层凸出外部很多，但手抓住一用力，周围的土质就松动了，发出明显的突突声，周围的土层纷纷滑落，稍有不慎，人就会随之一块儿坠落下去。

有着丰富攀缘知识和实战经验的斯文沉稳地把身子紧紧地贴在半山腰的山壁上，找准稳固结实的岩石稳步向上攀登。虽身处险境，但他从容应对，认真观察、研究着因山势的变化而呈现出的不同景状和气候变化。看到新鲜的景观，他会设法腾出手来，取出相机拍照。"咔嚓，咔嚓"，他按动快门的声音加深了队员们对他的神秘感。

在接近山顶的时候，空气更加稀薄，严重的高山反应，让队员们呼吸急促，头疼欲裂，耳中传出各种杂乱的轰鸣，心跳加速，眼前的景致出现虚幻；双腿像灌了铅一般沉重，双手不听使唤，有些发抖。每登一步都变得异常困难。

"呼哧，呼哧"，斯文听到队员们急促、沉重的喘气声。一名队员用乞求的目光打量着斯文，想停下歇息一下。

斯文用坚定的表情鼓励队员，他知道，这个时候，重要的是咬紧牙关，坚持下去，否则，一旦停下来，就可能再也站不起来，再也没有勇气向上攀越。

训练有素的斯文，在危急关头，显示出过硬的身体素质和基本功，以及超出常人的、镇定自如的大将风度。

人的体能是有限度的。豹子也快坚持不住了。他脸色青紫，眼珠发红，双腿打战，体力和意志正在较量。他看到，那个小个子洋人还在坚持，不仅顽强地攀登，而且携带着沉重的装备。斯文把相机、罗盘、笔记本等物件，看得比什么都贵重，一开始有人要替他背，或放在随行的骆驼上，但斯文执意不肯。此刻，他仍然执着地努力坚持着向上攀登。豹子内心不禁升出敬佩之情。

斯文给豹子以无穷的鼓舞，他也继续坚持着。

气氛在和大山的较量中发生了变化，那种刚出发时的豪情和快乐消失了，人人都在专注地面对眼前的困境。

跑前跑后的小狗花花也掉队了，锐气内敛。

"我不行了。"一个队员终于捂着肚子蹲下了。另外两个也跟着捂着肚子蹲下。

斯文知道他们已经尽力了。凭他们的经验和体能，再往上走是不可能的。

他下令这三个人先回半山腰上的营地休整："记住，一定不能停下来，一定要活着到达野营地！"

三个人一脸痛苦地点点头，缓慢地转身，小心翼翼地一步一步往回返。

现在，斯文走在最前面。虽然身体出现了各种不适，但渴望冲顶一览千年冰山的神秘景观、亲眼揭开神山亘古之谜的宏愿在支持着他，想到这，他的心就一阵狂跳，脚下、手上就有了力量，他继续发力往上攀登。

每迈一步都要付出巨大的艰辛；而越接近目标，看到的景色就越壮观：悬挂的冰川，在阳光下千姿百态，风光旖旎，不是亲身所感、亲眼所见，是绝对不会想到世界上还有如此美妙迷人的气象景观的。

"不好，风暴来了！"正在竭力攀登时，一阵强风突然袭来，那种荡涤一切的强劲冲击波，是任何人都无法制衡的。斯文眼疾手快，只来得及喊了一声，下意识地做了一个保护动作：双手紧紧抓住一块坚硬突出的岩石，身体尽力地贴在峭壁上，闭上了眼睛。而豹子和另外一名队员，在强劲的风暴冲击下，摔了下去……

风小了一些，斯文浑身发僵，动弹不得。抬头望望山峰，仿佛直刺苍穹，傲然耸立，好像在嘲笑他："来呀，来呀！"低头望了一下身下，万丈深渊，好像张着血盆大口的黑洞，深不见底，神秘莫测。

他知道，必须回撤了，无论他有多大的鸿鹄之志，在这种恶劣的天气中，他一个人的力量，是无法完成冲顶的宏愿的。而且，还有两个生死不明的队员需要解救。

他尽量保持自己身体的平衡，吃了几口身上带的食物，喝了点水，补充了些身体的能量，感到体力有所恢复，就艰难地、一步一步地往下移。

暮色四合，四周一片死寂。还好，在天将要黑透之前，斯文发现了豹子，他被一块大石挡住，头部朝下，身体转了个半圈。这个机警无比的小伙子，看来是在危急之时下意识地用手抓住了石头的一角，身体挂在了山间。斯文拍拍他的头部，轻轻地呼唤着他。豹子醒了。斯文喂了他几口水。生命力旺盛的豹子在斯文的搀扶下站起来，两人慢慢地、小心地回返。

途中，他们又遇到了另一个队员。他没有豹子那么幸运，头部被坚硬的利物撞伤，流出的血已经凝固了。两个人知道弄不动他，只好把他留在一个避风的地方，斯文脱下羊皮袍给他盖上，点燃了火堆，寄希望于山中宿营地的队员来营救。

斯文总是随身携带火种和少量的食物。豹子不得不打心眼儿里佩服他，这些都是救命的东西，人到了危急关头，这些东西才能显示出巨大的作用，才能救人性命。

先行下到营地的队员看到火光，急忙迎了出来。

## 4

斯文成为当地居民的贵客，每家每户都争相请他到毡房里做客，拿出最好的美酒、最醇香的奶茶，用最好的烹调技艺做出美食请他品尝。

虽然没有成功登顶，但他探险的精神和执着的劲头，经过几个参与队员的口口相传，让人们都对他产生了好感，连那些对探险不以为然的人也对他刮目相看了。

坐在一个个毡房里，斯文感受到了当地人的热情好客、善良纯朴，同时，也强化了他用科学知识解释大自然中存在的一些神秘现象、破除传说的各种迷信的决心。

热情活泼、美丽大方的苗苗姑娘很有悟性，在斯文的指导下，她把家乡的草原风光、山川河流描绘得生动逼真，牛羊在青青的草地上悠闲地吃草，雄鹰在辽阔深远的蓝天飞翔，牧民们身着民族盛装载歌载舞，一个个形象鲜活、个性分明，富有生活气息。

"你是我见到的最有天赋的画家！"斯文的语气既带着夸张，也有发自内心的赞美。能在探险途中遇到这样一位心灵手巧、悟性很高的姑娘，真是让人高兴。"你如果能走出这片天地，到更远的地方，见识更多的事物，开阔视野，你一定会成为伟大的画家。"

斯文的赞赏，更增加了苗苗的绘画热情，她渴望着走得更远。她经常对着大山、草原、牧场出神："哦，外面的世界是什么样儿？城市是什么样儿？"她歪着脑袋，遐想着城市里宽阔的马路，漂亮的房子，以及不同肤色、不同语言的人们。

她对斯文的敬重，无疑增加了人们对斯文的好感。

顺风顺水的日子总是飞快地滑过。转眼，豹子的伤也养好了，斯文也恢复了体力，他又开始积极准备第二次冲顶。

这次，探险队准备得更加充分。有了第一次的经验，他们几乎没费什么力气，就到了第一次宿营的地方。他们在比上次海拔更高的地方安扎下来。

当晚野营聚会，队员们摩拳擦掌，喝酒吟唱，士气高涨。

在往上攀登的过程中，悬崖峭壁，步步惊心。随着海拔增高，空气中缺氧，让人呼吸困难，但再也没人轻易言退。队员们相互鼓励，凝聚成一股无形的力量，奋力前行。

斯文没有说话，内心对这支组合不久的团队十分满意。

他们越过了第一次败下阵来的高度。山体常年不化的冰雪，既坚硬又非常滑，山势更加陡峭，严重的高原反应袭来，让队员们说不出话来。一个队员不慎失足将要摔倒，豹子眼疾手快，伸手拉了一把，减缓了冲击力，两个人都重重地摔倒了。幸亏两人没有大伤，只是腿部被坚利的岩石擦伤，鲜血不断地流出来，衣服都染红了。看看近在咫尺的山峰，斯文从心底发出呐喊："沉睡的冰山，我无论如何也要登上去！"

看看天色已晚，队员也急需补充体力，斯文决定在一处避风的缓坡处休整，养足精神继续向神山发起冲击。

大家吃了带来的食物，喝了醇厚有劲的青稞酒。斯文在小帐篷里，睡在睡袋中，仍然感到彻骨的寒冷。他辗转反侧，难以入眠，只好不停地喝酒，以此让体内发热。寒冷和缺氧，让队员们睡不踏实，有的队员干脆起来，用带来的干牛粪烧火取暖，巴望着快些天亮。

半睡半醒中，斯文梦见自己登上了山顶，看到了生平所未见的奇观，冰雪凝结的华丽的宫殿，奇形怪状的仙人……"哎呀！"他太兴奋了，一下子从山顶上坠落下来，身体向万丈深渊快速下跌。惊醒后睁开眼，巨大的黑暗中，他什么也看不见，只感到自己被什么重物压着，使劲用力推也推不动。他怔了怔，清醒地感到，这不是梦境，肚子上确实压着什么重物，让他喘不过气来。接着他听到了说话声。原来，他住的帐篷被雪压塌了，豹子和其他队员正在奋力地清除压在帐篷上的雪。终于，他们掀开帐篷，把他救了出来。

斯文傻眼了。一场突如其来的大雪不知什么时候强势袭来，而且，似乎无意收兵，大大的雪片一股脑儿地压了下来，苍穹像是打开了个大窟窿，银白色的雪片尽情挥洒。

队员挖出干牛粪，点着，在大雪中围成一团取暖，仍挡不住阵阵的寒气。

变化无常的天气，把他们困在了这个宿营地。前路和来路都覆盖在一片厚厚的大雪下，要想继续攀登是无望的，要命的是，想回撤也不可能。受困山中，度日如年。高寒和缺氧，让队员们的身体承受程度到了极限，脱发，嘴唇开裂、变紫，有的高烧不退，处于重度昏迷中。更严重的是，他们携带的燃料和食物已消耗殆尽，每人每天只能吃少量的食物，饥渴难耐时就用大雪充饥。而且，没有了燃料，不能生火取暖，这无疑雪上加霜，他们就是不被饿死，也要被冻死。

"我们要想法突围出去，不能等死！"斯文对豹子说。

豹子这个精壮的小伙子，此刻也头发蓬乱，眼睛里充满血丝。由于浑身浮肿，人已经显得有些变形。听了斯文的话，他的眼中闪过一丝火苗："对，一定要走出去！"

虽然疲惫不堪，但队员们仍积极行动起来，准备下山。豹子打头，一步一步探试道路。来时留下的标识已被大雪掩埋，好在斯文对道路有着惊人的判断力，他跟着豹子，随时给豹子提醒。

　　探险队一步步往下滑，后面的人相互搀扶，往回撤退……

　　经过异常艰难的跋涉，他们终于走出了积雪覆盖的大山。

　　队员虽然全部安然返回，但是有三个队员严重伤了元气，没有长时间的恢复，是不能再次参与探险了。更严重的是，有一个队员的腿部冻伤，由于不能及时救治，落下了终身残疾。

　　但斯文绝不言放弃。他的坚韧、顽强、执着和非凡的探险经验，给豹子留下了深刻的印象。豹子虽然拙于言辞，但他用行动表明，自己会随着斯文一同再次向神山发动冲击。

　　第三次神山探险，他们成功穿越了第二次探险时经过的死亡线。其他队员在严重的高山反应下，大口喘着粗气，实在无力移动脚步，就留在了宿营地。斯文和豹子继续攀登高峰。冰川，冰河，无限风光；正当他们一鼓作气，用最后的努力攀登，几欲达到成功时，斯文突然失足掉进了一个肉眼看不到的冰窟窿里。豹子眼疾手快，一把拉住了斯文。这时的豹子，体力已经严重透支，但凭着从小野生野长的一股蛮劲，和一种神奇的力量，他始终没有松手。

　　在危急中，斯文格外镇定，向豹子传递着坚持的眼神。

　　这种力量传递给豹子。他们停顿一阵，喘了几口粗气，同时运气。"一、二，"随着两人同时的呼喊，相互借力，斯文终于被拉了出来——豹子拉的力量和斯文向上弹跳的非凡功力，完美配合，爆发出了神奇的能量和动力。

两人几乎同时瘫倒在冰雪覆盖的坡地上，大口地喘着气，那起伏的胸腔律动都是那么一致。

回程的路依然十分艰难，他们相互搀扶着，跌跌撞撞。他们心里有个信念，只要还有一口气，就要活着下山。人的体能是有限度的，在连续的高寒地带的奋力拼搏中，在缺少食物又没有办法生火取暖的情况下，他们耗尽了几乎所有的力气，虽然心中求生的意愿依然强烈，但上帝之手向他们无情伸来。就在他们觉得就要崩溃、陷入绝望之际，竟看到了那只带花斑的骆驼，它身上披着白雪，忠实地迎了上来。骆驼见到主人，显然也十分激动，不安地转动着。斯文费了好大的劲，在骆驼的配合下，借助豹子之力，终于跨上了驼背。豹子抓着骆驼尾巴，任由骆驼把他们带上回家的路。

第三次向神山冲顶又失败了。而此时季节已到冬季，最好的神山探险季节已经过去，漫长的冬季即将到来。单凭简单的装备、个人的力量，是无法攀上顶峰的。

傲然挺立的大山，仿佛在嘲讽着斯文的不自量力。"我还会再来的！"他心里发出不屈的呐喊。虽然冲顶失败，但斯文是第一个攀登这一高度的西方人，他记录下了神山不同海拔的气候、植被、质地、山体结构，以及旖旎风光。

# 第四章

〰

# 大漠情韵

## 1

慕士塔格峰历险后，斯文成了名人，方圆百里的人都在传说着一个西洋人到当地探险的故事。

热情的牧民们竞相邀请他到自己家毡房里做客，并以能请到他为荣。他们用甘醇的美酒、香味扑鼻的肉食和独具风味的小吃款待斯文，听他讲述过去的探险经历和故事。

斯文把到纯朴、憨厚的牧民家中做客作为一个了解当地民俗民情的渠道，他十分乐意接受邀请。牧民做的大盘鸡、拌野菜，虽然做法简单，看相并不讲究，但食材全部原生态，纯正的野味，原汁原味，醇香正宗，独具风味。他的胃已经完成了从西餐到当地食品的转变，对这些美食百吃不厌。牧民的心灵像天空一样透亮，没有任何杂质，也对他没有任何企图。斯文非常珍惜这种友情，每到一家，都给热情的主人送上自己特意从家乡带来的纪念品。这些纪念品虽不起眼，但也让牧民们感到面上有光。

当地的名人、官员也慕名前来。一到村口，报上斯文的名号后，村里人都指着村外的一座明显不同于本地毡房的洋帐篷说："喏，那里就是。"并热情地引着来人去见斯文。

斯文有时和客人聊天到吃饭时间，老者就会出面，指派村里的烹调高手安排一桌丰盛的酒席，陪同斯文招待客人；有时客人会直接派来豪华马车把斯文请过去用餐。斯文的帐篷里来人不断，高朋满座，不经意间，提高了小村庄的知名度。

一天，迎着旭日，有三个小伙子纵马而来，马蹄声声，马儿发出"咦儿咦儿"的叫声，似在提醒人们主人身份的不凡。

"你就是斯文？"从数十里外慕名而来的三人，见到其貌不扬的斯文，不由得有点失望：又低又瘦，戴一副金丝边眼镜，斯斯文文的，浑身透着一股书卷气，看不出有什么威武和过人的地方。倒是那一头金发和散发着蓝色光泽的眼睛、深陷的眼窝、高翘的鹰钩鼻子引起他们的好奇。

三个小伙子都身怀绝技，在当地有很高的知名度。那个黝黑的刀条脸，中等偏瘦身材，眼珠子不停地转动，显得聪慧又有些狡黠，是有名的枪王。他的枪法出奇的准，骑马打枪，不用瞄准，百发百中，任何狡猾的猎物撞上他只能自认倒霉。另一个有一头浓密卷发、块头很大的小伙子，力气奇大无比，是有名的摔跤王，两三个壮实的小伙子一齐上，也不是他的对手。一次，一只野牛发狂，冲向人群，他上前双手死死抓住牛角。野牛瞪着通红的眼睛，使出蛮力，竟丝毫不能占得上风。双方对峙之时，人们一拥而上，乱棒打死野牛。大块头一顿能吃一整头的羊、一大锅的米饭；二百多斤的野牛、野驴被捕获后，他顺手扛在肩上行走，不费吹灰之力。还有一瘦高个儿，看起来像个电线杆，两条长腿显得格外长。他确实没有委屈自己的这一双长腿，在野外跑起来，像风一样快，没有谁能超过他，人们叫他"长腿"。

三个兄弟惺惺相惜，隔三岔五聚一块儿，煮酒论英雄。后来，干脆结拜为兄弟。枪王年岁最长，居首；长腿居中；大块头年纪最小，居末位。

前些日子，兄弟三个打了野味，边吃边喝，天马行空，东扯葫芦西扯瓢，扯着扯着，扯起了西洋人斯文。

"兄弟，听说一个外国佬去登神山，"枪王喝得尽兴，刀条脸上红通通的，"你猜怎么着，差一点儿就登上顶峰了。"

"听说，他有许多洋玩意儿，据说望远镜能隔着山看到很远的地方，指南针走到哪里都不会迷失方向，尤其是那个能拍出人影的照相机，"长腿用双手在眼睛前比画了一个拍照的动作："咔嚓一家伙，就把人影照下来了。"

"那个外国佬还有个宝贝，"大块头望望枪王整天不离身的双筒猎枪："他有一把瓦蓝的手枪，这么小，别在屁股后面衣服盖着，根本就看不出来。"

"他来咱们这儿，据说是为了探险。"枪王望着两个兄弟。

"探险是干什么？"大块头一脸迷茫，"呲"地一声喝了一大口酒。只要有酒有肉，大块头什么也不想。

"探险就是专门到别人不敢去、去不了的凶险地方弄个究竟。"枪王两眼炯炯放电，望着长腿。

"刺激！"长腿一拍细长的大腿："咱们哥几个在当地也算个人物，出风头的事不能让一个外国佬独占了。"

"对，不能让外国佬小瞧了咱，咱这地盘还是有能人的！"枪王拍拍大块头："别喝了，咱们去会会这个洋人，看他是不是长着三头六臂，是会飞檐走壁，还是比别人多长一个脑袋。"

哥几个收拾了行李，骑马来拜会斯文。

斯文高兴地请他们吸香烟，用当地语言和他们交谈。

"听说你是坐火车到这里来的？"枪王接过斯文递来的香烟，用手指笨拙地摆弄着，好半天才试探着吸了一口，立即被呛得咳嗽起来。

"对啊，坐火车走了1600多公里，好几天的路程呢。"斯文一边熟稔地用食指和中指夹着烟卷，姿势优雅地吸着烟，一边和小伙子攀谈。

"火车有力气嘛？"大块头问。

"当然，它可以不吃不喝，连续运转，载着上百人飞奔。"斯文说。

"它跑得有骏马快吗?"长腿有些不相信。

"快,它跑起来比骏马跑得还快,还远。"斯文向他们介绍了火车的形状,做着驾驶的动作。

长腿发出一阵惊叹,望望枪王。眼见为实,枪王也没见过火车是什么样,不好表态。

在他们心中,除了天上的雄鹰,地上的运输工具还没有什么可以比过他们的骏马。通常他们比武秀肌肉,是在偌大的草原上,骑着心爱的骏马驰骋,在辽阔的草原策马扬鞭。马蹄生风,像要飞起来。他们在疾驰中做出各种潇洒的姿势,展示自己过人的骑技。

斯文耐心地做解释,解答他们的疑问。

大伙的主题很快就聚焦在攀山上。斯文讲述三次登神山的所见所闻,说到惊心动魄处,三个小伙子不住地发出惊诧和赞叹声,不住发出是"是真的吗?""好险"这样的感叹。

旁边一直不苟言笑的豹子虽然没有说话,但他用眼神证实了这一切的真实性。

"听说你的枪能别在屁股后面?"枪王眼睛盯着斯文的裤子,屁股后头不见有鼓出来的硬家伙。

斯文笑笑,知道不亲眼看看,几个小伙子是不会轻易相信他的话的,于是他就从衣袋里掏出一把蓝光锃亮的勃朗宁手枪。他推弹上膛,朝天放了一枪,清脆的枪声过后,枪口冒着一丝清烟,那带点火药味的气味好闻极了。

枪王眼睛盯着斯文的手枪，呆呆地看出了神。

斯文又应他们的要求，让他们见识了指南针、望远镜、照相机等新鲜玩意儿。三个人按照斯文的讲解，亲自试了试，果然从望远镜里看到了很远的地方。

三人在方圆百十里地界都是出类拔萃的棒小伙，也算见多识广，和斯文一比，才知山外有山，天外有天，天地广阔，还有很多新鲜玩意儿他们不知晓。

"能和你一起游历，不，探险吗?"枪王望着斯文说。

"是啊，咱们也一同见见世面。"另外两人立即附和枪王的建议。

"好啊!"斯文很高兴结识三位当地的英雄。

## 2

斯文的下一个目标，是广袤浩瀚的塔克拉玛干沙漠。

探险队员多了枪王、长腿和大块头，兵强马壮。

当然还有豹子。临出发时，苗苗前来送行。斯文已看出两个年轻人之间的微妙关系，他充当了红娘的角色，把两个人的手牵在了一起:

"你们在一起多么般配啊!"斯文站在两人中间，看看小伙子，又看看姑娘，十分开心:"一个是头勇猛的豹子，刚强、好胜，一个是位善良的姑娘，聪慧、活泼，真是上帝的安排。"斯文的当地话夹杂着外来者的口音，听起来有些别扭、滑稽。两个年轻人非但没有笑，反而表情严肃，能有斯文为他们牵线，他们觉得是一种荣幸，他们都对斯文怀有一种由衷的敬佩，两人都因心情激动，脸上泛出了青春的红晕。

豹子就要走了，苗苗依依不舍，她把她心爱的小狗花花送给了豹子，要它跟着探险队一块儿出征。

"你可要把它好好带回来啊！"苗苗忽闪着会说话的大眼睛，对豹子说。在豹子看来，那是姑娘对他的一番表白，在漫漫的探险路上，只要看到小狗花花，他就会想起美丽的姑娘，姑娘那双传神的大眼睛，那迷人的笑容，总在他的梦中出现。

## 3

遥远的前方，神秘的大山、河流、湖泊、大漠，如磁石一般吸引着西方探险家斯文。

一队人马，骑着骆驼，迎着初升的太阳，走进沙漠。骆驼像沙漠中的船，平稳而有规律地行进，驼铃随之有节奏地晃动。

这声音，让斯文心情愉悦。他不但不觉得劳累，反而感觉有一种情调和意蕴。对于有志于沙漠探险的人来说，它就是一首古老而绵长的歌谣，是千百年来生生不息传诵的大漠情歌。

大漠无边无际向天的尽头延伸，天空蓝得像用蓝色颜料漂洗过的巨大的幕布，蓝色幕布上飘浮着朵朵白云，袅袅婀娜，多姿多彩。阳光照射着金色的沙海，看得时间久了，感觉自己像在海中轻轻游动，让人产生无穷的遐思。目之所及，偶尔可以看到一株株胡杨树撑起浓郁的树冠，一丛丛红柳顶着烈日顽强生长，让人感叹它们顽强的生命力。

斯文骑在骆驼上，沙漠中的景色让他心旷神怡。路过一处湖泊，一大群野驴、野牛，还有羚羊在湖边饮水，它们先是警惕地注视着远处的驼队，好像在判断他们是否有侵犯自己的动机。

脸像刀条一样棱角分明的枪王手痒难忍，想在斯文面前露一手，欲取枪捕猎；长腿也想活动一下手脚，也是跃跃欲试。斯文用手制止了他们。

斯文示意大家放慢脚步，站在离它们不远不近的地方细细地观察这群沙漠中的尤物。一只野羚羊停止饮水，睁着眼睛和斯文对视。那眼神中流露出的柔顺、平和的光，让斯文心中一震。他拿出相机，按动快门，记录下了羚羊那眼神迷人的精彩瞬间。

而相机那一声奇异的怪响，和斯文手中握着的怪家伙，让这些沙漠中的精灵们闻到了危险的味道，它们以惊人的爆发力，四散奔逃，沙漠上扬起一阵黄沙。一转眼，它们消失得无影无踪。

当晚，斯文和他的探险小分队在小湖边宿营。

# 4

对于本地的几位探险队员来说，头几天的行走平淡无奇，更谈不上探险。

他们有充足的食物和水，每天坐在骆驼上，缓慢地行走。沙漠中的景色总是一个样，偶尔刮起狂风，沙尘漫卷，遮天蔽日，细小的沙粒在风暴的作用下，产生出强大的力道，打得人脸上、身上发疼，呼吸困难，眼睛也睁不开，因而要张大嘴巴使劲喘气，鼻孔里、嘴巴中瞬间灌入沙子。他们干脆趴在沙坡下，甚至躲在骆驼肚子下，躲避狂风。等风暴过后，他们一个个简直成了"沙人"，面目全非；抖一抖头上、衣服上，沙土"哗哗"地往下掉，身体都感觉轻了好几斤。

而这些，对于这些常年在马背上奔波，常年面对各种恶劣天气的小伙子，又算得了什么呢？简直就是小菜一碟。

而让他们不解的是，就是这种他们有些厌烦的景致，黄昏、古道、沙漠、水草，河边饮水嬉戏或在沙漠上狂奔的成群结队的各种野生动物，沙漠中的杨树、红柳，甚至不起眼的一蓬蓬的骆驼刺，斯文都那么感兴趣。他走走停停，又是拍照又是写生的，似乎对沙漠中的一切都入了迷。晚上到了宿营地，扎起帐篷，点上油灯，斯文不顾一天的奔波劳累，还会在笔记本上写个不停，把一天的观察、体验记下来。

波澜不惊，毫无刺激感，这和他们想象的探险相差太远了。

一天，他们在湖边搭起了帐篷。湖水清澈甘甜，周围长着茂密的芦苇和水草，骆驼在湖里敞开怀尽情地饮水。几个探险队员也在湖里尽兴地洗澡，消除几天来身体的疲累。

沙漠中的气候昼夜温差很大，白天燥热，到了夜里变得非常寒冷。他们架起火堆，煮上了斯文爱喝的香茶，一边喝酒，一边吃自带的牛羊肉。

"嗨，如果不是头儿阻挡，我一枪下去肯定能打一只肥美的野羊，这会儿咱们应该已经在享受新鲜的美味了！"刀条脸枪王有点懊恼地说。几日的行走、磨合后，探险队员已经习惯都称呼斯文为"头儿"了。

"就这样慢慢腾腾地走下去，猴年马月才能穿过这无边的大沙漠啊！"长腿伸展一下胳膊腿，似在为自己的这双飞毛腿无用武之地而叫屈。

"这是考察，不是旅游！"一向少言寡语的豹子突然瓮声瓮气地说。他几次跟随斯文攀登神山，知道斯文外表瘦弱，在危急关头却沉着冷静，临危不惧。斯文有自己独到的眼光，能发现别人发现不了的东西。探险之路漫漫，往往是先易后难，真正考验队员的时刻还在后头。

几个人不再说话，一边默默地吃喝着，一边看夜色下大漠的景象。天空灰蒙蒙的，没有月亮，星星也隐到云层里去了。

小狗花花在豹子的脚下灵活地窜来窜去。豹子给了它一块带肉的羊骨头，一边看它撕咬，一边轻轻地抚摸着它光滑柔软的背部。

过了一会儿他轻轻来到斯文的帐篷里。斯文一边喝着浓浓的热茶，一边吸着香烟，不时全神贯注地用笔在写着什么。帐篷里烟味扑鼻，豹子不觉打了个喷嚏。

豹子想起了出发前。有了几位本地的精兵强将加入探险队伍，斯文对出征大漠信心满满。行前他们做了大量的准备工作，备足了沙漠生存的必备品，水啊，食品啊，尤其是沙漠中的忠诚的代步和负重工具骆驼的挑选，几个队员各显神通，挑到的几峰骆驼从外表到耐力全部是上乘的。锅碗瓢盆、刀叉用具，以及肉类、馕饼、抓饭、奶酪等一应齐全，简直可以称得上豪华之旅。临行前，经验丰富的斯文特意检查了装备，帐篷、睡袋、食品，尤其是足够的水，人和骆驼在漫长的大漠中，水的重要性是不言而喻的，关乎全队的生命安危。他们几只硕大的羊皮水馕里灌满了水，足够全队几天行程中放开用的。

"放心吧，这些小事不劳你分神。"负责看管马匹、骆驼和行李、装备的"军需官"大块头神气地拍拍胸脯，向他打包票。

斯文满意地点点头。这大块头，粗中有细，办事让人放心。

豹子的思绪回到眼前。斯文没有抬头，仿佛没有感觉到豹子的存在，仍埋头书写，他手中的笔移动得很快，笔尖在纸上发出"沙沙"的轻微声响。

"伙计，"豹子不想耽误斯文的正事，正要转身走出帐篷，斯文正好写完一个章节。他停下了笔，抬头望着他，"有事吗?"

"没，没事。"豹子其实只是看看斯文有无需求。他正犹豫着要不要退出时，斯文站起来，张开双臂做了个拥抱的动作。豹子有点扭捏地向后退了退。

自从他们有了登山冒险中舍命相救的经历，斯文一直亲昵地称他为"伙计"，并在高兴和开心时自然而然地做出拥抱的动作。豹子虽然理解这种表达亲热的礼仪，但他对西方的表达方式明显地不习惯，总是有意识地躲避。

斯文并不为怪，他指着刚刚写完的厚厚一沓稿纸对豹子解说了自己几天来的收获，并问道:"你这几日沙漠行走有什么收获?"

豹子摇摇头。他的使命就是保护斯文，和斯文一起克服困难，帮助斯文取得探险的成功。

斯文也笑了。望着有点窘态的忠实的助手豹子，他的笑容很真诚。他知道，豹子机警、勇敢，有着过人的胆识和野外生存的实践经验，而对于专业的探险、发现、考古等深奥的内容，他在短时间内是不可能领会和掌握的，这也不是他的职责。

"想她吗?"斯文突然换了个话题。

这么直截了当地提出这个话题，豹子有点不好意思。豹子显然知道斯文所说的"她"指的是谁。

说心里话，虽然他爱慕美丽的姑娘已久，但一直处在一厢情愿的暗恋中，没有表白过。是斯文为他促成了这一姻缘，捅破了这层窗户纸。刚刚确定了彼此的关系，他就和斯文一道出征大漠。这几日，在骆驼上，在睡梦中，他常常幻想着和她在一起……

斯文知道豹子不善言辞，更不善开玩笑，也就不再绕圈子，对豹子大夸苗苗的聪慧、睿智和纯朴、善良："苗苗真是个百里挑一、难得一遇的好姑娘，要好好珍惜啊！"

豹子望着斯文发亮的眼睛，认真地点点头。他想问问斯文：你出来这么长时间，离家这么远，你不想家吗？

聪明的斯文就像他肚里的蛔虫，从他的目光中猜出了他要说的话："我也想家，一有空余，就写家书，"他拿出刚刚写好的家书，"喏，这是我给父母亲写的家书，详细地汇报了我在这里考察探险的现状和进展情况，让他们知道，我活得很好，请他们放心。"

"那，相隔这么远，不在一个国度，你这些家书怎么到达家人手中呢？"

豹子看到，斯文的家书足有好几百页纸，沉甸甸的一沓。这些家书，是怎么写出来的呢？尤其是在探险途中极为艰辛的条件下。

"没关系，路上遇到商队，请他们代交给当地的邮差传递，虽然时间长一些，但鸿雁传书，总会到达收件人手中的。"

豹子眼中闪出羡慕的火花。如果自己会写家书，就能向苗苗表达相思之情，那该多好啊。

　　这时，小狗花花从他脚下绕过，他不禁弯下腰，轻轻地拍了它一下。

　　这个细微的动作，让斯文感慨万千：爱情的力量是多么伟大啊，让一个看似坚硬似铁的勇猛骑士也变得多愁善感起来。

## 5

　　沙海无垠，向远方延伸。探险队清晨上路，万道霞光烘托着一轮喷薄欲出的红日。

　　远方，沙漠和东方天际交会处越来越灿烂夺目，初升的太阳在沙漠的尽头露出了红彤彤的半张脸，眼前的沙海披上了一层粼粼的金色光辉。大漠观日出，虽然日复一日，好像是重复的景观，但每次骑在骆驼上，看到这大自然的壮美奇观，斯文总是激动不已，他被这种绚丽、豪华的美景所震撼，简直到了入迷的程度。他凝神观察日出的一点点变化，还拿着望远镜仔细观望，生怕漏过任何一个微小的细节。兴之所至，他还在骆驼上支起画夹，快速写生。沙漠中的景致他总也看不够，总也看不厌。

　　"真是一个怪异的西方人。"长腿看惯了沙漠中的风景，轻轻地嘀咕道。

　　"这哪里是探险，简直是在做苦行僧。"枪王骑在骆驼上，一副百无聊赖的模样，似乎有些后悔一时冲动，参加了这次没有波澜、没有曲折的远行。

倒是豹子，仍旧一言不发，他甚至学着斯文的样子，出神地看着日出。

"难不成这小子也成考古学家了，能从中看出什么门道来？"枪王心里疑惑，但随即在心中否定了："他肯定是装模作样，故弄玄虚。"

其实，枪王的猜测不无道理。此刻，豹子的心情很平静，他丝毫不后悔这次远行，这是一种出自对斯文人格魅力的敬重和信任。倔强的牧人，一旦认准了一个人，会舍命相陪，永不离弃。他确实不像斯文一样，在留意考察沙漠中的地理、天气、植被，以及大漠中自然的壮美景观。面对日出日落，在平淡无奇的旅行中，他眼前总是闪现着苗苗美丽的身影，她的笑容，她的灵动，她的长长的睫毛下一双梦幻般扑闪扑闪的大眼睛，都让他着迷，让他神往。

人的思想真是奇妙，以前对苗苗只是一种暗暗的爱慕，只要她在哪里出现，他就觉得哪里有吸引他的魔力。他喜欢听她的歌，她的笑声，这一切给他的心灵注入了一股兴奋剂，让他莫名地躁动不安，觉得生活无比美好，干什么都浑身充溢着使不完的力气。而他和苗苗之间的窗户纸一旦捅破，他的魂就像被女神勾去了一样，常常挣脱他的躯体，飞向那个温暖的小村落，飞到姑娘的身边，和她交流，甚至什么也不说，只是静静地听她唱歌，看她舞动出优雅的舞姿……

太阳已经升起老高，向晚清凉、夜里和清晨寒意袭骨的大漠，此刻已变得又闷又热。斯文脱下厚重的外衣，只穿一件单薄的上衣，用手当扇子，在眼前来回晃动着，以驱赶扑面而来的热浪。

探险队似乎有点沉寂，大家都沉默无语，只有骆驼迈着稳重的步子不急不缓地向前走着。斯文回头看看，见几个队员早已脱下了外套，枪王甚至裸露上身，露出黝黑色的壮实的臂膀和宽厚的背部。

斯文让豹子走在前面，教他如何使用指南针引路。豹子虽然不识字，但他悟性很高，加之有丰富的野外生存经验，方向感出奇地准确。

豹子在前面导航，设置路标，斯文就有了更充足的时间观察沙漠的变化，骑在骆驼背上做记录或写生、拍照。他觉得，这是人生中最美好的时光，丝毫没有倦意。

天近黄昏的时候，大漠上又是另外一番风光：夕阳渐落，霞光流彩，西边天际火烧云在尽情燃烧，变幻无穷，气象万千，美不胜收。斯文不错眼地看着，生怕漏掉一个细节。

"头儿，快看！"随行的队员肚子开始咕咕叫，显得有些不耐烦时，突然前方一只飞鸟腾空掠过，远处一片白杨树顶起一片绿意。枪王指着有树的方向朝斯文发出一声大喊，同行的几个人一同发出欢呼声，催促骆驼，向绿地赶去。

"啊！"走至近前大家不禁惊叹，真是一个奇妙的地方，在一片茫茫沙海中，这里竟然有一处清泉，泉水汩汩流动，周围的湿地上青草茂盛，其间还有一些不知名的野花，开着娇嫩的花朵，掺杂在野草和藤蔓之间，煞是好看。野兔、野鸡和野鸭，甚至还有狐狸，不时窜动，成群的野鸟围着泉水飞翔。

这儿真是野生动物的天堂，自由自在的乐园。

他们在湖边选择好一处平整的地方安营扎寨。队员们看到了神赐甘泉，一个个兴奋不已，争相开怀畅饮一通，这一天平淡无奇、乏味单调的旅行带来的寂寞、无聊，早飞到九霄云外。

"哈，真爽，"枪王喝得尽兴，索兴用清冽的泉水洗澡，露出一身腱子肉。体内的燥热尚未褪去，泉水又过于冷冰，刚一接触泉水，他不由得打了个寒战。见到枪王那个窘样，大家都开怀大笑，也跟着用泉水冲洗，只是他们吸取了教训，慢慢地试探了水温，待身体适应了，才酣畅淋漓地尽情用泉水冲洗。一天的疲劳瞬间消除了。

这是一个大漠罕见的月圆之夜。一轮圆月像探照灯一样悬挂空中，它那么圆，那么大，离人那么近，似乎一伸手就可以摘下。沙海上洒下一片银色的光辉。风轻轻滑过，沙海在人们的视线中像一匹巨大的锦缎铺展开来，由近至远，起伏有致。不同于白天毒辣的太阳之光，此刻的月亮冰清玉洁，柔情似水，月光照在人的身上没有热度，长长的影子倒映在沙漠上，别有一番情韵。

斯文触景生情，弹起了三弦琴。故乡的经典乐曲，悠远绵长，在寂静的月夜，在空旷的大漠，琴声格外撩人情思。斯文弹得十分投入，他的心随着琴声回到了美丽而遥远的故乡，仿佛看到父母和弟妹的身影。豹子眼前浮动着苗苗的倩影，甜美的歌声似在耳畔回响。大块头和枪王、长腿也不作声，屏息静气，像是在认真倾听，思绪也早已飞远……

　　骆驼也竖起耳朵听着来自异域的音乐之声，它们似懂非懂，一个个十分安静。突然，斯文的琴声停住了，营地变得更加静谧和神秘。

　　他看见一只野鸡竟然从野草丛中探头探脑朝他走来——应该说是循着琴声走来。它在离斯文十步开外的空地上站定，这个位置显然有讲究，如果遇到人类的伤害，它会以最快的速度逃离，钻进附近的草丛。它站立有顷，似乎感到没有危险，又壮着胆儿向这群陌生来客靠近。

　　斯文的悠扬琴声又响起，不过，队员们的注意力已不在琴声，而是注视着这有趣的一幕。那只打头的野鸡站了一会儿，和斯文目光对视，似乎看到弹琴的人没有恶意，就又靠近一些，神奇的是，它的身后，又出现了一只野鸡，两只……转眼工夫，成群的野鸡从草丛中大胆地走出，它们似乎想和远方来客搞一个大聚会。

　　第二天，队员们晚起了一会儿，生火做饭。正吃得香甜，看到野鸡又成群地出现在营地前的空场上。它们"咕咕"叫着，似乎已和探险队的人们结成了朋友。斯文给它们喂了一把饭团。它们先是闻了闻，然后就开始慢慢地咀嚼、品尝。

　　斯文和队员在这里休整了两天，竟然和一群野鸡成了好邻居、好朋友。队员们在营地休整，野鸡们不设防地在营地周围走动嬉戏。到了开饭时，那只调皮的大花野鸡，还会从斯文手中抢食物吃呢。

　　度过了有甘泉、有野鸡朋友相伴的短暂的美好时光，队员们一个个精神焕发，拔寨起程了。

# 第五章

≈

# 水的渴盼

## 1

深入沙漠腹地，越往前走，能见到的绿色越稀缺。沙丘越来越高，别说白杨树、红柳、芦苇，连一丛骆驼刺也见不到了，举目望去，黄沙茫茫，像一片沙的海洋，直通天际。

豹子拿着指南针在前头带路，斯文专注地观察着不同地段沙漠的地质、地形、植被、气候、野生动物生存的状况。骆驼背成了他的办公桌，他一会儿记日记，一会儿写生，全身心投入工作中。

沙漠中午的毒日头能晒死健壮的牛。沙丘越来越高，放眼望去，一片荒凉，四处一片沙海茫茫，不见商队的踪影，不见野生动物的痕迹。路上偶尔看到一具骆驼的干尸，早已经风化，只剩下白森森的骨架，队员们看得倒吸了一口凉气。

沙漠中本没有路,探险队走过的地方就走出一条新路。天天炎热,行进速度十分缓慢。人体内的水分不断蒸发,口渴难耐,需要不停地喝水补充能量。斯文听到骆驼发出呼哧呼哧的粗重喘气声,这种号称沙漠之舟的载重工具,忍耐力超强,能够连续多日不吃不喝。但在斯文喝水的时候,那只花斑骆驼用乞求的目光望着他手中的水壶。斯文有些不忍。连续几日没有遇到水源了,已经是人困马乏。他让旅队停下来,歇歇脚,也给骆驼喂食进水。反正他们带的水充足。

可是当他的目光转到驮水的骆驼背上时,不觉大吃一惊,七八只装水的大羊皮囊竟然都瘪塌下去,水几乎耗光了。

"水呢,水哪儿去了?"他大声问,目光盯在大块头身上。大块头似乎早就发现了这一问题,只是心存侥幸,隐瞒不报,想在找到下处水源再补上,可他也没有想到,自从清泉处出发,几日来一直没有遇到水源。眼见带的水所剩无几,不要说骆驼,就是人的饮水也不能保证了。

"水呢?水呢?"斯文真的急了。走入沙漠腹地,断了水就是断了探险队的命。

"出发时带的水用完了。"大块头喃喃地说,又不甘似的解释:"我以为每到一个宿营地都可以加水,"他怯怯地望着斯文因暴怒而有些发红的眼睛,"我以为,少量加水可以减轻骆驼的负重,因而在有泉水的地方就没有多加水……"

"完了,现在说什么都晚了。"斯文经过短暂的失态,冷静了下来，"这不全怪你，怪我工作粗心，没有及时检查督促行装。"此时埋怨大块头是没有任何意义的，他是一个初涉探险的新人，没有实战经验。而自己作为一个职业探险家，并且把探险作为毕生的追求，却出现这样的低级失误，是不可原谅的。现在唯一可以弥补的，就是尽快找到水源，解决这个迫在眉睫的问题。

探险队员都意识到了问题的严重性，把重点放在找水上。在茫茫大漠腹地，寻找水源是一件可遇而不可求的事，有时行进途中，会突然发现一处绿洲，让干渴的旅人犹如从地狱进到天堂；而有时，他们就是费尽心机，也是叫天天不应，求神神无助。队员拼尽全力加快行进速度，渴望找到有水的地方，但都徒劳无益。探险队的求水努力都失败了。

他们带着焦虑的心境忍着干渴前行，望眼欲穿地渴望看见一片绿洲，不，哪怕一株红柳，一丛骆驼刺。而眼前尽是一望无际的沙海，没有一丝生命的迹象。头顶的太阳在施加虎威，烤得队员们眼冒金星，步履艰难。

斯文不得不把仅有的一点水做了定量限制，不到最后一刻，不得轻易动用这些金贵的救命水。

按照预订计划，他们行进的沿途是一条河流，也是重要加水、宿营的地方。队员听说能找到有水的地方，暗淡的眼中又燃起了希望的火花。斯文拿着罗盘，对着地图标注的方位细细辨认，最后确定目标为西北方。队员提着一股精气神，催促不断喘着粗气的骆驼往前赶。

"到了有水的地方，一定让你饮个痛快。"大块头拍拍坐骑，不忍似的宽慰它。骆驼好像听懂了他的话，艰难而吃力地继续迈动四蹄。

他们按照地图和标注绕了一圈，又回到了原地，别说水，连河床的影子也不见。

斯文也有点疑惑。他反复测定，最终肯定地说："就是这里。"而眼前目之所及，除了沙海还是沙海。

斯文挥动铁锹，不停地挖着，铁锹很快就触到了坚硬的地表。老天和他们开了个玩笑，他们反复找的河流，就在他们站的位置，只是早已断流，河床已被沙尘完全覆盖，肉眼根本看不出这里当年就是河床。

继续挖下去，似乎有潮湿的气象，这让斯文满怀希望。队员拉开架势，开始掘井。大家轮流上阵，进度很快，似乎隐约看到了泉眼，马上就会有清泉汩汩涌出。大块头咂巴了一下嘴，使劲地回味水的湿润，可干巴的舌头和干裂的嘴唇接触，像玻璃划过铁钉一样，没有知觉。他使劲地挥动铁锹，他相信，河床下一定有水。

"完了。"他猛地扔下铁锹，一屁股坐在沙地上。已经打了4米深，下面的沙子仍然是干的。几个人心理都失衡了，一屁股瘫倒在沙漠上。

"不能坐以待毙，一定要找到水！"斯文首先从悲观的情绪中摆脱出来。他让豹子拿出剩余的水，让每个人润润干得冒烟的嗓子。豹子晃晃水壶，里面发出轻微的声音。他把水壶递给了斯文，斯文递给了双眼盯着水壶的大块头。

大块头接过，感觉水壶很轻，几乎不够每个人喝一大口，又递给了枪王，枪王递给了长腿，长腿又把水壶递回给豹子。

谁也没喝一口。

看着大家干裂的嘴唇、虚弱的身体，斯文带着命令的口气说：

"水虽然不多，但每人一定要喝一口，保存体力。"豹子在斯文目光逼视下，只得抿了一小口。接着大家都克制着水的巨大诱惑力，象征性地抿了一小口。斯文仅对着水壶闻了闻，就拧上了壶盖。他艰难地迈开了步子，豹子也跟了上来。其余队员也强支撑着，相互搀扶着站起，再次踏上艰难的寻水之途。

斯文算算，这已是断水第七天了，队员的心理和生理的承受能力已达到了极限，必须尽快找到水。

看看渐入黄昏，一天的努力又白费了。

队员们正在为水而陷入绝望时，夜幕已经降下，更加不可预料的恐怖袭来。远处，黑风暴不期而至。狂风卷着沙尘从无遮无挡的大漠远处滚滚而来，像狂放无羁的海潮，喧嚣着、呼喊着，铺天盖地，以雷霆之势呼啸而来。

"快卧倒！"斯文只来得及呼喊一声，就下意识地双手抱头就地蹲下。狂风已挟着雷电向队员们扑来……

不知过了多久，斯文苏醒了过来。他感到背上像压了千斤重担，让他喘不上气来。他静静地待了一阵，才回想起那可怕的沙漠黑风暴。队员们怎么样了？他心里一阵着急，四肢似乎有了力量，挣扎着爬起来，却一阵头晕目眩，又一头重重地栽倒在地。

再次醒来，已是次日拂晓。眼前仍是一片沙海，暗淡的天空和他的心情一样灰暗。想起几个队友生死未卜，他心里一阵发紧。一种求生的信念支撑着他，他踉跄着站了起来，摇晃着往前走。突然，他被脚下一个硬物件绊了一下，又重重地跌倒。

好一会儿，他才恢复了意识，双手摸索着想要站起来，不料，手触摸到之处，感觉那是一个躺着的人。他拍拍躺在沙海里的身体，轻轻地问："是你吗，豹子？"

斯文的手触到了对方的鼻子，他感到了对方微弱的呼吸。他摇晃着沙子覆盖下的面目全非的人，努力想把他唤醒。

"水，水……"躺着的人断断续续说出了几个字，又失去了知觉。

"真是你呀，伙计。"听到是豹子的声音，斯文心里一阵狂喜，像捡到了一个失而复得的宝贝，紧紧抱着豹子。他多么希望坚强有力的豹子能够重新站起来，和他一起踏上寻水的征程。

可他实在没有力气把豹子拉起来一起去寻找求生的路了。

天大亮了。沙漠上的早晨之景一如平常，有着惊心动魄的美。太阳的光焰发射出血一样的腥红，红得刺目，让人睁不开眼睛。

斯文再次醒来，真切地看到，怀里抱着的就是豹子。这个生龙活虎、有着强健体魄的棒小伙，此刻，身体软绵绵的，始终以一种姿势躺着。

斯文想起身上还有仅存的一点水，他拿过水囊，拧开盖子晃了晃，水囊中发出轻微的声响，里面的水少得可怜。他将囊口对着豹子干裂的嘴唇使劲摇晃着，终于有几滴水滴落。豹子贪婪地翻卷着舌头舐着，求生的欲望使他在昏迷之中本能地张开口迎合那宝贵的甘露。

不知又过了多久，豹子终于在斯文的呼唤声中睁开了眼。他目光空洞无神，茫然四顾，半晌不知发生了什么。

"伙计，我们得去找水。"斯文面对苏醒了的豹子，费力地说。

提到水，豹子才恢复了记忆，思绪回到了严酷的现实。他望着同样虚弱的头儿，点了点头。

两人积攒了全部的力气，相互搀扶着站了起来，却在一片沙海中迷失了方向，不知该往哪个方向走。

"要先找到队友们。"两人对视了一下，心有灵犀。在被沙海淹没的地方，队友们肯定不会走远。

前方有一个骆驼的身影。这个忠实的沙漠之舟即使卧着也为他们提供了坐标。他们心里一阵狂喜，不觉有了力气，走了过去。真的是他们，枪王、长腿、大块头。他们费力地把脸埋在沙海中的队友扒出，把豹子身上仅存的一点水喂到他们嘴里。三个人相继醒来，却实在无力再站起来。大家面面相觑，目光中流露出绝望。

## 2

带大家一起继续探险之路是不可能了。斯文此刻必须放下队友和奄奄一息的骆驼，先行去求水，只有找到了水，才能救活自己，救活队友，继续探险之路。

越是在困境中，越要坚持。只要走过去，前面等待他们的仍然是彩霞满天、风景优美的沙漠盛景。

"伙计，行吗?"斯文望着同样疲软地倒在地上的豹子。这个勇敢、坚韧、精力旺盛、有着豹子一样强健体魄和敏捷反应的小伙子，此刻蓬头垢面，脸色憔悴不堪，几无血色，嘴唇开裂的缝子像一条干涸的河床，表皮泛着白，似乎在一层层脱落。

几日无水无食，豹子已经脱形了。

"行。"豹子轻微地蠕动了一下干裂的嘴唇。他从斯文的目光中看到了坚定，这目光拨动了他的心弦，深深地打动了他。最初和这个小个子西方人接触，他就感受到斯文身上有一种与众不同的魅力，外表瘦小而内心坚强，外表热情开朗而内心执着坚定，尤其是在危险关头，他总是临危不惧、沉稳冷静。这真是个勇敢的男子汉! 他努力地动了动腿脚，拉住斯文伸出的手，借着斯文传递的力量，站了起来。

斯文突然感到一阵头晕目眩，眼冒金星，踉跄了一下，差一点摔倒。他努力站着没有倒下去，他知道，如果倒下去，就再也站不起来了。

两个人以顽强的毅力，缓慢却是坚定地又一次踏上了求水之途。

一场黑风暴把大漠搅得天昏地暗，天地间混混沌沌，分不清东西南北，更不能确定水源的方位。

为了就近补充水源，急切间旅队改变了方位，没想到遇到了罕见的黑风暴。现在，大漠茫茫，他们像一片树叶，由风摆布。

斯文手持罗盘，仔细辨别方位。他们在茫茫沙海艰难地走着，行进速度很缓慢。"看，前面有树林！"斯文突然发现远方似有一团影影绰绰的物体，在一望无垠的大沙漠上无异于发现了希望。豹子心中一喜，鼓起劲儿往前走，可走啊走，什么也没有，连一棵红柳也不见，仍是一片高低起伏、错落有致的沙丘。

"必定是眼睛出现了幻觉。"斯文心中也十分沮丧。

"扑通！"希望破灭，豹子一头栽在地上，再也起不来了。

"我不行了，实在走不出沙漠了！"豹子气息微弱地说。

"伙计，坚持，一定要坚持活着出去。"斯文在他身边蹲下，望着豹子没有血色的脸，鼓励他："苗苗在等着你，我还要参加你们的婚礼呢……"没等他说完，豹子已疲倦地合上眼睛，再也无力睁开。

斯文只好脱下外衣，轻轻地搭在豹子的头上，为心爱的伙计遮挡一下日晒，自己又艰难地迈开了灌了铅一样沉重的脚步。

干渴、饥饿、疲惫，心力交瘁，又是一阵眼冒金星，在一个沙丘旁，他再也挪不动了，倒在地上，但依然下意识地往前爬着，费尽了最后的力气，把身体靠在沙丘的斜坡上，大口地喘着气。

"难道，今天我真的走不出大沙漠了？"心中闪过一丝不祥的预感，他痛苦地闭上了眼睛。

在他昏昏欲睡的当儿，他想起了自己这趟新疆之行的一幕幕场景。他已随手写在日记上，已有数十万字的手稿。他想，应该把这些留下，也算给后来者铺路。不管过去多少年，总会有探险者揭开大漠里隐埋千年的秘密。总有人知道一个叫斯文·赫定的瑞典人经过这里，并记录下了穿越大漠时的见闻和思考。

这些手稿，他十分看重，放在一个随身携带的包里，用塑料纸严密包裹着，防雨防潮，那是他的心血。想到手稿，他的心里有了一点安慰。为了他心爱的事业献身，是值得的，他也有充分的思想准备。

"没想到，这一天真的要来了。"此时，斯文虽然躺着，精疲力尽，但意识十分清醒。

在想到"死亡"这个字眼时，他想到了家乡，想到了父母和心爱的弟弟妹妹。那是多么美好的生活啊。

"小妹，你想要漂亮丝绸做裙子的愿望，我无法做到了，请原谅。"想起小妹，他的心中涌起了一丝不舍之情，他想，应该给父母写一封遗书，让他们知道，儿子最后的心情和此刻周遭的情景……

可是，他实在无力掏出随身携带的纸笔，一阵困意袭来，他闭上了眼睛。

他确实累了。

他闭上了眼睛，梦到了自己的家人，梦到了初次踏上探险之路的情形……

# 第六章

〰

## 梦中回望

### 1

"斯文，好样的。"望着他抱回来的各种奖状和获奖证书，父亲高兴地拍拍斯文的头。

每个学期结束，斯文几乎囊括各科目的第一名，给父母带来意想不到的惊喜。

母亲则忙里忙外，精心为他张罗一顿丰盛的晚餐，来犒劳这个天赋异秉的孩子。

饭桌上，气氛热烈，一家人边吃边聊。

"斯文，将来你要干什么？"母亲望着几个孩子，笑意挂在嘴角，随便问了一个话题。

"这个，"斯文嘴里含着一块三明治，抬起头，想了想。对这个突然冒出的话题，他显然还没有想好。

"绘画。"他望着客厅悬挂的一幅名画说道。当一名画家，是他的梦想。

"好。"小妹首先为他点赞。她亲眼见过哥哥作画，哥哥画的那些花鸟、山水，真是棒极了。

"还有，"他想了想，"当一名作家，写出不朽的传世名作。"他眼睛里放着光彩。

母亲用欣喜的目光看着这个有志气的儿子。

"当然，当个电影演员、摄影家、医生、运动健将也不错。"斯文又补充道。他是个理想主义者，每次坐在电影院，他都极易被剧情、人物和独特的画面所感染，幻想着自己成为电影里的主角；参观一次摄影展，他就被摄影家独特的视角、神奇的拍摄技艺所折服，想象着自己也会成为一个了不起的摄影家；看一次拳击比赛，又被拳王那叱咤风云、舍我其谁的英雄气概所迷醉。在他的眼中，这些行当的精英都以极大的魅力吸引着他，只要他置身于某种特定的氛围中，周身的血液就会沸腾，就有一种想要参与其中的冲动。

父亲则望着斯文，若有所思。斯文才华出众，思维敏捷，博览群书，头脑灵活，这是难得的优点，同时也暴露出他的缺点。爱好广泛，兴趣众多，而不能致力在某一领域里崭露头角，最终将沦为平庸。"人的一生看似很长，其实很短暂，尤其是宝贵的青春年华，转眼即逝，术业有专攻，你还是要瞄着一个专业发展。"父亲深谋远虑，高屋建瓴，一语中的，让斯文的头脑理智下来。

他知道，父亲希望他在建筑学上有所建树。父亲经常给他灌输建筑学的理论，有意识地培养他在这方面的兴趣。以斯文的聪慧、睿智，只要专注于此，假以时日，借着父亲的光环，必定会青出于蓝而胜于蓝。斯文常常在父亲的书房，捧着砖头块一样厚重的建筑学书籍入神品读，如果不是家人喊他用餐，他整个礼拜天都会一个人静静地在书海里畅游。这是多么不凡的少年。他这个年纪的中学生，能读懂建筑学理论并且深入其中的，绝对凤毛麟角，是个可堪造就的好苗子。父亲曾经就专业上的某些理论试着和他探讨，他独到的见解颇令父亲惊异，然而，头脑灵活的斯文终归不是个安分守旧的人，他的想法随着时代潮流和形势变化而多变不定。

当探险的大潮涌来，斯文被这充满挑战而又注定崎岖的道路所吸引，深陷其中不能自拔，父亲知道，他希望儿子做一个杰出建筑学家的希望破灭了。

让父亲没有想到的是，这一天来得这么快，这么突然。并且，正是这一次偶然的机遇，彻底改变了斯文的人生轨迹，让他在这条道路上穷尽一生的精力、百折不挠地走了下去。

"爸爸，妈妈，告诉你们个好消息。"这天，斯文放学回家，一反往常的沉稳和平和，喜形于色地喊道。

"什么好消息?"小妹总是最性急的一个。她关注的焦点不是哥哥在学业上的好消息，而是一旦有了"好消息"，家里肯定会有一场丰盛的家宴等着她。

"是不是又拿到什么奖状、证书了?"妹妹似乎已熟门熟道。

而斯文却忽闪着大眼睛，要跟家人卖个关子。

"快说嘛!"性急的妹妹紧盯着哥哥的嘴巴，恨不能从他的嘴里抠出"好消息"来。

"我要出国了。"斯文知道，虽然父母没有追着他问下文，但同样急于知道他带来的是什么好消息。他已从初始的激动中恢复了理智，用往日和缓的语气说:"俄国的一位工程师，通过我们校长，想聘请一名优秀学生做家教，我们校长选中了我。"

"哇，好棒啊!"小妹拍拍小手，小脸激动得红彤彤的，好像自己中了头彩一般兴奋。

"俄国什么地方?"父亲紧接着问。

"巴库。"

"啊，离家那么远，要穿越海洋和漫长的陆地。你一个人出国，行吗?"做老师的母亲翻出一册地图，寻找着俄国巴库的位置，那样遥远的一个小城镇，母亲无法不担心。

"你的学业怎么办?"父亲的眼光总是很长远。

"机会难得，学业可以以后慢慢补，而这次良机却不可错过，"斯文语气里带着坚定:"我已经决定受聘了。"

## 2

汽笛一声长鸣，满怀豪情的斯文就要告别家乡的港口。

故乡的蓝天白云下，一家人在码头上为他送行。小妹爬在父亲的背上，使劲儿向他挥动双手，直到他们的身影模糊不清，斯文这才意识到自己真正要平生第一次出远门，到国外去了。

碧蓝的天空下，沙鸥展翅翱翔。蔚蓝的大海，一望无际，汽轮开足马力，劈波斩浪。斯文站在甲板上，一波波被轮船巨大冲击力划开泛起的波涛，上下翻卷着，飞舞着，海水飞溅到他的脸上，带着一股海腥味。

在大海面前，一个人可以展开想象的翅膀，让思绪任意飞扬。他情不自禁张开双臂，似乎要拥抱大海。

他轻声哼着家乡歌颂大海的曲子，回身打开画夹，想把眼前的优美海景定格在画纸上。

"你不困吗?"轮船上，一个和他一样金发碧眼、穿藏青西服、扎红领带的年轻人，暗暗注意斯文已经很久了。这会儿见斯文专心画画，走过来轻声问道。

"你好。"全身心投入写生的斯文显然吃了一惊。他抬起头，见是一个比他个高、年龄也大一些的年轻绅士主动和他搭话，十分高兴，连忙合上画夹，和他攀谈起来。

青年叫吉伦，也是瑞典人。他乡遇故知，对探险有着共同的爱好。斯文发现，吉伦对探险懂得很多，口才奇佳，相对于斯文的平缓、沉稳，他滔滔不绝，口若悬河，对他认为值得敬重的探险家发自肺腑地由衷赞叹，而对于沽名钓誉的人则显出不屑一顾的鄙夷之色。

"你去过波斯吗?"吉伦的目光炯炯有神，闪耀着灼人的光芒。

他摇摇头，露出神往的表情。他知道，此时谈兴正浓的朋友，是不需要他回答的。

"啊，那真是一个古老而神奇的地方，有着神秘的古堡和名城，是丝绸之路的终点，中国的商人通过丝绸之路把丝织品、瓷器、茶叶等商品送到这儿就不往前行进了，那里商贾云集，繁荣发达。波斯人强悍、彪勇，历史上曾有过赫赫有名的帝国时代，出现过居流士、尼鲁士等大名鼎鼎的帝王，他们的地毯、歌舞名扬天下……"

"我们要做一些真正的事，"吉伦望着斯文，加重了语气说，"干一番大事业。"

吉伦侃侃而谈，斯文微笑聆听，他停顿的间隙，恰到好处地赞许，或以热切的目光，或以询问的口气，鼓励朋友继续说下去。

其实，他的地理知识一点也不逊色于吉伦，尤其是关于波斯。他决定到巴库任教，发现这儿离波斯很近，就有了到波斯及周遭探险的计划，他重点研究了波斯的地理、气候，了解了当地的风土人情和名胜古迹及各种传说。

吉伦对波斯的浓厚兴致和见解与斯文的想法不谋而合，善于结交的斯文很快和他交上了朋友，两个人在甲板上一见如故。兴之所至，斯文把自己刚创作的一幅写生画送给了他。

画面上，湛蓝的天空下，一望无垠的大海波涛汹涌，卷起一堆堆雪白的浪花，无畏的海鸥搏击风雨，飞向远方……

吉伦看着斯文的画作，十分高兴："大棒了！"

有了吉伦相伴，这趟愉快的旅行显得那么短暂。轮船停泊在圣彼得堡码头时，两个人似乎还有许多要说的话，斯文本来要在此换乘火车，可为了陪伴吉伦，特意作了逗留。两人徜徉在这座闻名于世的城市，满眼是奇妙的异邦风情：造型各异的灰色楼房，高耸云端的教堂塔尖，铺着方格砖石的路面，装饰华丽的四轮马车轻捷而雍容，马蹄在坚硬的路面敲出清脆而有节奏的声音。

他们游览了著名的红场和克里姆林宫，宏大的建筑，金碧辉煌的气势，让斯文赞叹不已。著名的圣彼得堡又令他大开眼界，外面的世界如此奇妙。不同的建筑，不同肤色和信仰的人身着各自的民族服装，用各自的语言交流，给他留下难忘的印象。

俄国风味的食品，让斯文胃口大开，与好友一同在异邦欢宴，是多么开心的事啊！

和吉伦分手的时刻到了。他们约定，在斯文完成教学任务后，相约到波斯考察。

告别好友，斯文坐上东去的火车。一声长鸣，火车机头上高高的烟筒冒出一股冲天浓烟，"咣当咣当"，车轮有力地叩击着铁轨，由慢渐快。一排排房屋、树木、田野快速地从视线里消失，列车穿过一片广阔的原始森林，此情此景令斯文产生无边的联想。他把脸紧贴着车窗，贪婪地看着窗外不断变化的景色。

告别森林，进入一片无边的沙漠，狂风从远处刮来，卷起一阵阵黄沙，与城市的高楼和熙攘的人流相反，这里的景象恍若隔世，荒凉、单调。偶尔，原野上有成群的野生动物飞速跑动，给荒芜苍凉的大地带来一丝生机。他的画笔追逐着这些大自然中的生灵，各种动物在狂风呼啸、黄沙弥漫中奔跑的姿态在他笔下定格。

"你是画家吗？"一个戴着羊皮毡帽、身材高大、热情彪悍的红脸膛小伙子望着他的画作，好奇地问。

斯文对他笑笑，未置可否，手下的笔没有停顿。

"我可以买你一幅画吗？"小伙子有些窘迫地说。

斯文快速画完了最后一笔，展示给小伙子看，"你喜欢，就送给你了。"

小伙子看着画面上那些在狂风中追逐飞奔的动物，它们都像要飞起来一般，令人惊叹不已。他炫耀似的对同伴们展示刚刚得到的画作，大家都感到不可思议。这些景象在每一个旅人的眼皮底下溜走，谁都没觉得有什么新奇，而一经画家之手，这些大漠中的生灵就呈现出神勇而有趣的一面。

一些旅客拥向斯文，提出要求："给我们也画一幅吧。"

斯文满足了旅伴们热情的相求。他头都不抬，运笔如飞，笔下的每一幅作品都各有特色，以广漠的原野、苍劲的狂风为背景，主角都是沙漠上的主人——各种野生动物飞奔的姿势，每一幅作品都不重复，每一个求画的人都赞叹不已。

大漠中穿行的动物已在他的心中留下了烙印，他只要一拿起画笔，胸中就有创新，那奔跑的动物就会在眼前浮现。

一位脖子上扎着一个红色头巾的亚裔女子，捧着一块色彩艳丽的丝帕，睁着美丽的大眼睛说："中国的，喜欢吗?"

"太漂亮了。"斯文连忙站起来，双手接过，抚摸着那柔软、光滑的缎面，望着那设计精致的图案，眼前浮现出活泼可爱的小妹。他连声感谢，然后重新坐下来，继续给围拢在身边的旅客们作画，拿到画的人都心满意足。

最后，他停顿了一下，又一次打量着姑娘，开始给姑娘作画，画笔沙沙响动，人们目不转睛地看着他，当他把画作送给姑娘时，整个车厢沸腾了，画面上的姑娘，修长的身材，炯炯传神的目光，瀑布似的披肩长发，脖子下那一方红围巾像一团火焰映衬着少女端庄灵动、大理石般光滑的脸庞，那红色的纱巾看上去像飞起来一样。

夜色渐渐笼罩了大地，列车在暮色中穿行，到了晚上就餐的时间，车厢内南来北往的旅客们，或亲友聚餐，或自斟自饮，笑语喧哗一片。斯文饶有兴趣地看着眼前这一幕，闻着车厢里烟酒食品的混合香味，不觉肚子也"咕咕地"响起来，生物钟在环境的诱导下提醒他应该进餐了。

热情彪悍的红脸膛小伙子把熟牛羊肉和糖果、风味点心一股脑儿放在斯文面前的小桌上，向他求过画的旅客们也不管他能不能吃得了，只管把自己的食品堆放在他面前的桌板上，他面前简直成了各地特色小吃大荟萃。来自不同地区的热情的旅人们在列车这个狭小的空间里，吃着喝着，谈论着各自家乡的传统美食，炫耀着家乡的名山大川和伟大人物。

刚才大家一起围着斯文看画、索画，让南来北往的旅客的心拉近了。红脸膛的小伙子话很多，笑声爽朗。不过，他的大话似乎经不起推敲，破绽百出，不时引起熟知他底细的同伴的善意质问。但他理屈词穷之际，为了在新交的朋友斯文面前逞能，硬撑着也不肯认输，以至于本来就红的脸庞因为窘迫而愈发通红。而那个脖子里飘扬着一团火焰似的红头巾的姑娘，总是默不作声，在人们有意戳穿红脸膛的大话时，她并不跟着起哄，反而用闪烁的、像流动的一股清泉似的眼神支持鼓励众矢之的的小伙子。虽然她并没有直接出头为小伙子解围，但她的目光，显然让小伙子感到自己并非孤军奋战。

置身于这样的氛围中，斯文感到身心愉悦，一点没有人在旅途中颠簸劳顿的困乏、疲惫。他一直兴致勃勃地参与或倾听大家的谈论，虽然是七嘴八舌，话题却一直围绕着他感兴趣的方向展开、深入，虽然有语言障碍，斯文听得一知半解，有的只能靠肢体语言来推理，或者别的人反复解释才能弄明白，但他还是从中了解到不少不同民族人们的风土人情、个性特征，粗略地领会了在书本上学不到的知识，那是鲜活的教材，流动的课本。

下车的时候，斯文惊异地发现，红脸膛小伙竟然和"红围巾"姑娘走在一起，他们的身体靠得很近，像一对情侣。

### 3

巴库是一个靠海小镇，斯文刚从熙攘的车站出来，就看到专程迎接他的马车夫。从车夫的衣着打扮和彬彬有礼的言谈举止上看，斯文感到主人家肯定是当地有身份地位的人。

车夫显然是个老把式，豪华马车，又快又稳，有的路段起伏不平，可他并没有感到强烈的颠簸。当天，湛蓝的天空，阳光穿透没有一丝杂质的空气直射下来，空气中含着海风带来的湿润气息，让人心旷神怡。

这是一座移民城市，由于盛产石油，吸引着各地的人前来淘金，各人种混居，斯文看到街道上穿行着有白种人，也有黄种人、黑种人，服饰各不相同，说着各自的语言，有一种别样的异国风情。

"你好，先生，"马车在一座高大气派的别墅大门口停下来，院子里植被很好，绿意葱茏，就像一个大花园。工程师和家人早早在大门口迎接，热情地向他致礼，并用流利的英语问候，"一路辛苦!"

斯文也弯腰致谢，用同样的英语回应主人。

主人中年秃顶，身材修长，衣着考究，眼睛明亮。他一边吩咐仆人把斯文的行李搬进打扫得很干净的房间，一边面带微笑地引着斯文走进客房。

三个孩子站在那里，两个男孩一个女孩，他们在父亲严厉的目光下垂首站着，但眼神却机敏锐利，偷偷地打量着新来的老师。

其中个头最高的男孩大概有十二三岁的样子，一头浓密的卷发，白净细腻的脸上五官精致，眼睛滴溜溜转着，趁父亲不注意，还向两个弟妹做了个鬼脸儿。

无巧不成书，他即将开始的代教生涯的家庭，竟然和他自己的家庭成员惊人相似，只不过换了一个国度，换了一个环境而已。斯文心中暗暗地喜欢上了这个家庭，仿佛自己也成为家庭中的一员。

"老师好。"那个最大的男孩有意地拖长了嗓门向他弯腰问候。

"老师好。"其余两个也模仿着大男孩的语气向他问候。

斯文向三个学生躬身致意。他的目光和那个大一点的男孩相遇，那男孩挑战般地直视他，目光中有一种大胆和放肆。

主人有意很响地咳了一声，那男孩才收敛了些，低垂下头。

大男孩叫桑恩，是三个孩子中的头儿。

午饭很丰盛，既是给斯文的接风宴，也是给原来教师的送行宴——那是一个三十岁出头的西方姑娘，金色的头发，朴素的衣着，细小的眼睛上戴一副很厚的近视镜，说话轻声细语，看起来是一个循规蹈矩的职业教师。

趁着饭前品茗的工夫，斯文向她打听几个孩子的性格和学业情况。

"怎么说呢?"女教师目光飘忽不定，"三个小孩都很机灵聪慧，就是有点——"即将卸任的女教师似乎不知该怎么表述自己的看法和任职感受，欲言又止:"总之，你接触后就知道了。"女教师把目光隐藏在厚厚的眼镜片下，看不出真实的心情。

这时主人过来续茶，这个有点秃顶的工程师接过他们的话题，他似乎无意掩饰孩子的缺点:"三个小孩顽劣，玩心很重，希望斯文先生严加管束。"

工程师的一番开诚布公，让空气变得自然流畅起来。

女教师似乎也松了口气。据工程师的介绍，在女教师之前是一个有学问的退休老先生，在当地居住生活，受聘后非常用心，而几个小孩适应不了他的暮气沉沉的老式教学方法，故意调皮捣蛋，有时把先生的眼镜藏起来，有时和老先生玩捉迷藏，气得老先生几次瞪着发红的老眼说不出话，银白色的胡须随着面部的抽搐而抖动。不出三个月，就主动辞职了。

"可不是呢，"女教师在工程师的描述中似乎开脱出来："三个小孩很不听话，上课总是不用心，心思总在玩儿上。"

女教师回忆，在上第一节地理课时，她刚说地球是一个自转的球体，不想，最大的男孩桑恩就站起来，用力的跺着地面，指着她的鼻子发问："我们是不是生活在地球上，脚下踩着的就是地球，它明明是平地，怎么是个球体呢？它明明不会动的，你为什么说它是自转的呢？……"

桑恩说完，他的两个小弟妹也像跟屁虫一样地起哄、跺脚，唯恐课堂不乱。这课就没法再上了。三个人也就乐得开心放羊撒野了。

这样下去，虽然主人家没有指责，照旧给她按时发放着一笔不菲的薪金，可她心中总有一种不踏实感，怕耽误了孩子的学业，于是主动炒了自己的鱿鱼。

和卸任的女教师交接完毕，工程师用有点复杂的眼神打量着斯文，那意思仿佛说："喏，情况就是这么个情况，看你的了，先生。"

斯文不动声色，眼中甚至流露出期待之光。他的这份少年老成的模样，让工程师心中的一块石头落了地。

这顿交接宴氛围很轻松，新老教师相谈甚欢，斯文也喜欢上了主人家的三个孩子，尽管是一厢情愿，但他充满信心。主人呢，当然也心中欢喜。他对几个孩子的教育虽然很注重，可顽皮的孩子们总不让他省心，几个家庭教师都不尽如人意，他只好抱着试试看的心态，给远在瑞典做中学校长的老同学写信，让他举荐一名优秀的学生做家教。看来，这步棋走对了。

当天，宾主尽欢而散。

三个孩子设想了好几种与新教师见面的方式："请安静，"老大桑恩大声说出开场白，故意顿了顿，清了清嗓子，以示威严："大家请坐好，下面我们开始上课了。"

见他拿腔拿调的样子，老二"扑哧"一声笑了。

"肃静，肃静，"小姑娘也有意绷着脸，学着女教师的口气："我们居住的地球，是一个巨大的会转动的球体……"

话没说完，自己就笑得流出了眼泪。

两位哥哥也大笑起来。

而斯文却选择了不同的上课方式。他穿着一身紧身运动装，因为身材瘦小，在孩子们眼中，与其说是教师，更像是父亲为他们请来的玩伴。

三个小家伙交流了一下眼神，似乎在想用什么办法给这个新来的家教一个下马威。

斯文敏感地捕捉到了老大的眼神里使坏的成分。他不露声色地说："我来的时候，看到海滨很热闹，咱们去那儿看风景怎么样?"

他的话一出，三个小家伙又一通对视，考虑这是不是一个圈套。

待他们看到斯文平和的目光中没有嬉戏的成分，就"嗷"的一声，利索地收拾起书包，朝海滨飞跑。

老大似乎有意和斯文比脚力，一溜烟跑得飞快。但这些，对斯文来讲都是小儿科，他在学校就是长跑冠军。他不费吹灰之力，就轻易超过老大，更别说老二、老三，兄妹三人捂着肚子跑得上气不接下气。桑恩跑得满头大汗，再看斯文，步子轻快，呼吸均匀，双腿有力，极富节奏。看他跑步，就是一种享受。

"先生，好棒哦！"桑恩自知不是斯文对手，向他竖起大拇指，由衷地赞叹道。

斯文的目光注视着大海中劈波斩浪、扬帆穿行的一叶小舟，对桑恩说："我们玩飞舟，敢吗？"

"敢！"桑恩挺起胸脯，男子汉气十足。对于他来说，只有家长不让干的，没有他不敢的，越刺激、越惊险才好。而飞舟这种危险的游戏父亲是从不让他们涉及的。几个人兴高采烈地雇了一条帆船，斯文熟练地驾驶着小舟，扬帆出海。

"开船！"斯文帮老二、老三穿上救生衣，固定在座位上，而桑恩不让斯文帮忙，自己全副披挂，颇有大将风度地向斯文做了个手势，潇洒地抓着扶手。

斯文站在帆船最前面，目视远方。刚开始，帆船平缓航行。小船驶向大海深处，顺风扬帆，渐渐地，海上风浪大了起来，哗哗地掀起一股股白色的浪花，两个小不点兴奋得大喊大叫。小船随着海浪颠簸，浪花飞溅到他们的头上，感受到海水的腥味儿，突然，一个大浪袭来，小船像被一只巨手撑起，又急剧地落下，哥儿仁吓出一身冷汗，桑恩脸色煞白，像一只受惊的小鸟。而看斯文，像没事儿一样，仍旧站在船头，沉稳轻松。桑恩不禁对斯文又一次竖起了大拇指。

上了岸，几个人的衣服都被海水打湿，虽然受了惊吓，但有斯文在，他们并没有感到害怕。斯文请他们到岸边吃烧烤，那刚从海里捕捞上来的新鲜的海味，令他们胃口大开。

斯文上课也是别具一格，他没有向孩子们介绍地球是个巨大的会自转的球体，而是拿出一张张速写，高山、大海、森林、大漠、奔跑中的野生动物，还有不同民族人们的肖像……那是他一路上的见闻，他详细向孩子们讲述自己的经历，绘声绘色地穿插讲解不同地域的地理环境、气候变化、人文特征，孩子们被他新奇的讲述迷住了，睁大眼睛，听得格外认真。"哦，原来地理课这么有趣。"到了开饭的时辰，几个孩子还围着斯文提问，一个个意犹未尽。

斯文的课上得很轻松，几个孩子的历史、地理成绩明显提升的同时，也把斯文当成了好朋友。上课时，斯文是老师，课余时间，又是一同玩闹、做游戏的伙伴。

斯文在工程师家做家教的日子轻松而愉快。

斯文是个适应性极强的人，善于和陌生人交朋友。他在教书之余，常常到巴库一个繁华的集市上闲逛，品鉴店铺里极富特色的货物，对自己喜欢的东西，反复把玩、研究，并且购买了许多小物件。在闲聊中他交了许多新朋友，了解了许多风俗人情，并且慢慢地会用各种语言和朋友们交流。

# 第七章

## 好友相约

### 1

离别的日子到了。半年多来，斯文顺利完成了计划中的教学，和三个学生结下深厚的友谊。

虽然时间不算很长，桑恩变化却很大。他从最初的调皮捣蛋、爱捉弄教师的刺儿头变成了专注认真、配合默契的好学生。

"留下来，再教我们一段时间，好吗?"临别前，桑恩几次恳求他。

"再待一阵子吧。"弟弟和妹妹也对斯文产生了依恋之情。

几个月的相处，斯文亦师亦友，对于他的三个学生，心中也难舍难分。但他还有更重要的计划安排，他要和吉伦一同考察波斯。答应了朋友的事就不能失约。

临别前，桑恩领着弟弟妹妹向斯文端端正正地行了谢师礼，仅仅几个月的时间，桑恩性格就有了很大的改变，不但学到了知识，还学会了尊重别人。那个小姑娘眼睛红通通的，已哭成个泪人。

工程师破例给了斯文一笔不菲的薪金，并赠送了昂贵的纪念品。这是他人生中的第一桶金。他要用它实现自己的探险计划。

耳畔还萦绕着与三兄妹分别时祝福的话语，斯文登上了前往波斯的轮船，轮船在巨大的轰鸣中缓缓离港，渐行渐远，码头上送行人的影子一点点缩小，变得模糊不清。

蔚蓝的海面一望无际，没有一丝风，平静得像一面镜子，湛蓝的天空万里无云，阳光照耀大海，染成一片金色。大海、阳光，多像一对情人，在风和日丽的时候，相依相伴，慷慨无私地给人类带来无限福祉……

"喂，喂——"轮船要靠岸时，斯文看到吉伦站在码头上，举着手中的黑色毡帽，一边挥舞，一边朝他喊，仍然那么神采奕奕，精气神十足。

吉伦身旁，站着一个身穿白裙、高挑丰满的年轻女郎，戴一顶质地优良的白色网眼礼帽，正中绣一朵红花，波浪似的长发从礼帽下端飞瀑一样滑下来，整张脸被一个大大的太阳镜遮去了三分之一，显得神秘又动人。

"吉伦！"上了岸，斯文和吉伦紧紧拥抱在一起。虽然只是一次轮船上的偶遇，仅仅是一面之交，但他们仿佛心有灵犀，已相交多年，期待再次相逢已经很久很久了。他俩一直热烈地相拥，直到身边的女郎轻轻地咳了一声。

"啊，"吉伦转过身，拍拍女郎的肩："恰娃，我刚交的女朋友。"吉伦又补充一句："舞场上认识的，她的舞姿美极了。"吉伦总是有说不完的话，不给人插嘴的机会。

"你好！"女郎大大方方地向他伸出手。斯文象征性地在那只手上握了握。虽然隔着薄薄一层白手套，斯文仍感到这双手温润而柔软。

吉伦像主人一样把斯文领到一个靠海的客栈，屋里非常干净，宽敞舒适。女郎来到窗前，轻轻拉开窗帘，阳光一下子泻满屋子，透过窗户，斯文看到远处的大海上白帆点点，这个港口航运繁忙。近处沙滩上游人如织，人们穿着亮丽耀眼的泳装，有的躺在吊床上荡秋千，有的直接把半裸的身体埋进柔软、温热的沙子里晒太阳。孩子在沙滩上奔跑嬉戏，留下一串串脚印……

斯文回转头，吉伦已变魔术似的倒好香茶，桌子上摆满各类当地干鲜果品。他们一边慢慢地品着茶，一边听吉伦讲他几个月来的观感。

吉伦白色的皮肤留下了阳光下长期暴晒后的痕迹，黝黑发亮，一说话洁白如玉的牙齿和那双天蓝色的眸子里都闪着摄人的光。他不断用各种手势配合自己的话，情之所至，开怀大笑。

身边，那位漂亮的长发女郎目不转睛地看着他，那双电星眸眼，带着一种崇拜神往的光彩。

"真是一个精力充沛富有感染力的人，"斯文认真听着好友叙说他的所见所感，内心生发出一种感慨，"这样的人，怎能不让姑娘着迷啊。"

想到此，斯文的目光稍稍偏移了吉伦，扫了一眼长发女郎。此刻，她由于专注地倾听，身子半侧着，无意中显示出美妙的曲线。

长发女郎仿佛有感应，忽然正面直视他——她不知什么时候摘去了宽大的墨镜，一张白皙的鹅蛋型脸，一双大而熠熠生辉的眼睛，笑吟吟地看着斯文："你有女朋友吗?"

斯文虽然善于交际，但他显然没有料到女郎会直接抛出这个话题，他全身心专注于探险，于是实话实说：

"我还没有考虑这个问题，"见女郎的眼中有一丝失落，为了不扫她兴，他接着说，"或许，将来遇到了，会考虑的。"

三人一起快乐地大笑起来。

夜晚的波斯名城以另一种方式呈现着它独特的魅力。海风吹来，涛声阵阵，夹带着温暖湿润的气息。古老的教堂传来悠扬的钟声，宁静的城市中有一种肃穆的神圣感。

他们来到海滨，这里又是一番热闹的场景。游人们点起火堆，在音乐的伴奏下，跳着欢快的舞蹈。长发女郎拉着吉伦加入了跳舞的人群中，她扭动着高挑而灵活的身段，娴熟轻盈，舞姿翩翩，长发飘飘，吉伦的配合恰到好处，两人很快移到中心位置，吸引了众多观者、舞者赞许的目光。

　　一个散发着浓郁香水气味的年轻波斯女子走到斯文面前，弯腰向他伸出手："先生，请你跳个舞吧。"

　　斯文很绅士地牵着女子的纤纤细指，进入场地，翩翩起舞。吉伦与长发女郎这一对亮丽的舞伴快捷灵动地旋转到他们面前，长发女郎向斯文的女伴做了个鬼脸，斯文感到，舞伴把身体与他的身体贴得更近了，脚下的步子也快速运转起来。斯文明白，这是长发女郎有意为他安排的舞伴，让他在异国体验当地人的市井文化，度过美好的夜晚。

　　斯文有很扎实的舞蹈功底，很配合地跳着，随着舞伴变化出各种姿势和步伐……

## 2

　　按照预定的目标，他们开始对波斯的古墓、名堡和宫殿进行考察。

　　骏马健壮有力，他们兴致勃勃地骑马前行。穿过城镇，乡下是狭窄的土路，因为下雨，再加上马车轮子和马蹄碾压，形成深深的车辙和蹄坑，经过太阳的暴晒，辙坑坚硬，崎岖坎坷，人骑在马上，颠簸不定，马蹄扬起的黄土扑进眼睛、鼻孔里，斯文忍不住想打喷嚏，可是由于骑在马上的身体剧烈晃动，那喷嚏竟活生生地收回去了。

地势不断升高，气温骤降，之前马上颠簸时大汗淋漓，此刻湿衣服粘在身上，很不舒服。眼前的景色随着地势升高变得一片苍凉，放眼望去，光秃秃寸草不生。天空突然阴云密布，风声急促，接着下起了冰雹，铺天盖地，一行人根本无处躲避，豆大的冰雹打在头上脸上，起初感到疼痛，后来就变得麻木了。继而天空又下起了雪，不一会儿远处近前一片银白。凛冽的寒气让斯文打了个寒噤，双腿不由自主的夹紧了马背，脚下用力踏着马镫，以防因身体僵硬而摔下来。斯文在马上感受着高原变化无常的气候，想起在海滨城市单薄夏装浑身冒汗的情景，恍若隔世。

"还行吗？"骑在马上，换上了一副厚重着装的长发女郎——这时她的长发已经严严实实地遮藏在一个红色毡帽里，她动作稔熟策马超越斯文，高声地喊。

"还行。"斯文望着纵马向前的女郎，心里不由暗暗纳闷：此刻她穿着厚重的外衣，却一点也不显得臃肿，相反她策马前行的动作洒脱自如，反倒增添了一丝英武气质。他有意识地掠了一眼吉伦，他骑在马上看着前面的银白世界，似在观赏大自然赏赐给他们的美景。

"加油，前面就有一个小村庄。"女郎的马鞭在空中挥动，发出清脆的炸响。斯文陡然长了精神，抖动缰绳。那马也仿佛受了感染，加快了速度。

"真是个有眼光的家伙。"斯文望着头前引路的女郎，心里对吉伦发出赞赏，"他不仅找了一个当地漂亮的女郎做舞伴，看样子还是个称职的向导。"他从中受到启发，探险历程中能否找到一个好的当地向导，是探险之旅能否成功的重要因素。

终于看到一处白雪覆盖下的小村庄。女郎看来是这里的常客，轻车熟路走进一个院落，一边拍打着衣服上的积雪，一边粗声大气地叫着："掌柜的。"

小伙计一溜小碎步，满面带笑地迎上来，把马牵到后院马厩里，加上草料。主人殷勤地把客人迎进屋子。屋子很大，中间放着一堆烧得正旺的炉火。从寒冷的野外乍一进入温暖的屋内，仿佛从冰窟窿里进入天堂，三个人欣喜地拥向火堆前，伸出手脚，让火光驱散身上的寒气。主人拿出一瓮当地的烈酒，给每个人倒了满满一大碗，三人仰脖喝下去，斯文感到烈酒咕嘟嘟顺着肠胃一路畅行无阻地贯通，一股丹田之气在胸膛里迸发。

经过严寒、饥饿下的艰难跋涉，他们围坐在火堆旁吃着主人端来的佳肴，大都是野味儿，有野猪、野兔、野鸡，还有野骆驼什么的，菜也都是产于当地的干野菜，或许是又累又饿的缘故，斯文和吉伦包括长发女郎——这会儿，她不知什么时候脱下了厚实的外衣，摘掉了皮帽儿，露出那一头飘逸的秀发，你一杯我一盏，大口吃肉，大碗喝酒。从中，斯文体验到了当地人的彪悍、耿直和豪放。

饭罢，他们穿过高原，沿着山脉一直前行，沿途风光渐渐有了生机，有了绿色的树木，有了飞禽，远远近近零星散布着些人家，身着民族服装的人不时从眼前走过。

"前面就是波斯首都德黑兰了。"长发女郎手指前方，纵马前行。斯文远远望去，前方一片开阔的平原上，城市笼罩在浓郁的绿荫之下，就像一座绿色的森林。他的心中一阵悸动，对着向往已久的地方，在心里默默地问候："你好，德黑兰。"在地理课本上，在各种有关波斯的书籍上，他对这座城市进行了反复的研究和思考。这座古老而神秘的城市，在上千年的文明演变进程中，孕育了灿烂而悠久的人类文明，积聚了无数财富和宝藏。它曾经是著名的丝绸之路中转道，南来北往的商贾云聚，商铺林立，经济繁荣，市场兴盛。各种马车店人满为患，波斯王以此为首都，人口不断增加，城市不断发展扩大，闻名于世，盛极一时。

他们走进了德黑兰。城区大道平整而宽阔，两旁高大的树木，枝叶茂盛，绽放的鲜花随处可见，沿街的建筑错落有致，散发着浓郁的波斯风情。一处清真寺院，高高的塔尖分外显眼。街道上人群熙攘，热闹非凡。城市中心广场占地数万平方米，和林荫道相连，鲜花相映，风景宜人。地上铺着厚实古朴的方砖，上千年的风雨侵蚀，人车碾轧，路面坑坑洼洼，有的地方明显凸起。虽经不断修缮，仍留下明显的沧桑痕迹。

"这里是从前波斯大帝检阅马队的场所，"长发女郎担当起导游角色，她介绍说，"这里是当地举办马术比赛和燃放焰火的场所，这一习俗一直沿袭至今。"

斯文的眼前仿佛看到波斯大帝威严地端坐在高高的检阅台上，目光如炬，广场上排列着整装待发、手持刀枪剑戟的士兵，一声令下，军队以排山倒海的气势，高呼口号走过检阅台……

随着波斯帝国的崛起，这个彪悍勇敢的民族逐渐名扬天下。每年的马术节，是勇者的血性大比拼，他们为夺得第一而奋勇拼搏，似在为捍卫民族的骄傲和荣耀。那燃烧的焰火，把夜晚广场的天空映照得通红，万众欢呼，那是一种怎样的气势啊。

置身于古老神秘而又青春焕发的广场，斯文的心都要醉了。

他们来到当地最热闹的集市。街道上人群熙攘，人声鼎沸，戴着羊皮毡帽的高大男子和扎着头巾的女子，有的牵着骆驼、马、驴，有的拖着货车，空气中有一种人畜混杂的味道。徜徉在集市里的人们似乎很享受这种味道，兴致勃勃，这个商铺进去，那个店铺里出来。色彩艳丽、图案华美的地毡、壁毡，光华闪烁、靓丽缤纷的丝绸、织锦，斯文一行看得入迷，卖家热情地招呼他们。吉伦的长发女伴恰娃，选中了一块丝绸方巾，价格便宜，美观实用，她当即披在头上，别有一番风韵。"漂亮吗?"吉伦在她脸上吻了一下，她夸张地大声笑着，吸引了不少人的目光。

斯文为了节省经费，只看热闹不买东西。对吉伦和恰娃的打情骂俏仿佛视而不见。他好像对货架上的东西很感兴趣，那琳琅满目的特色商品，形形色色的顾客，卖力吆喝的商人，一对正起劲儿讨价还价的买主和卖家，争得脸红脖子粗，斯文真担心他们动起手来。可是，他的担心是多余的，争执了一会儿，红脸膛的卖家让了价，买主觉得可以接受，一笔买卖谈成了，买家和卖家握手言和，彼此像好朋友似的，脸上露出灿烂的笑容，多么耿直豪放的波斯人。

"先生，买挂毡吗?"看着斯文一直站在一边微笑，热情的红脸膛卖主拿起一块色彩艳丽、图案精美的挂毡招呼他："外地来的朋友都喜欢这种挂毡呢。"

因为路途遥远，回程的日期不定，斯文并没有打算买，笑着朝热情的卖家摇摇头。恰娃知道他的心思，故意使坏，夸张地伸出双手，接过卖家递过来的小巧雅致的挂毡："哇，好漂亮啊，先生，买一件吧!"

吉伦望着任性的女友，狡黠地笑着，没有阻止，也没有帮腔。

红脸膛商人见斯文衣着讲究，举止优雅，就大方地说："你要是真心喜欢，就送你了。"

恰娃开心地拍着手掌，并代斯文接受了这件赠品。

斯文感受到当地商人的热情好客，一面连声致谢，一面掏出钱夹，准备付款。不想，波斯商人言而有信，坚持不收钱："说好了，是送给尊贵的客人的。"

　　"祝你好运。"斯文向红脸膛的卖家鞠躬致谢。由于他们的答话，身边不知不觉间已围拢了好多看热闹的人。无形中对卖家做了广告宣传，围观者竞相选购自己喜欢的物件。一时生意大好，红脸膛卖家像一只陀螺，忙得团团转，望着忙碌的商家，斯文善意地向他微笑着，便离去了。

　　"你真是个福星。"走出好远了，恰娃还不忘调侃他："以后我要是开个店，就聘你做模特。"

　　"乐意效劳。"和热情活泼的恰娃相处时间久了，知道她爱开善意的玩笑，斯文说话也随意了。

　　随着人流，他们来到集市中间的手工艺品制作加工市场，这是当地主要的工艺品交流中心。斯文观赏了各色工匠现场制作加工工艺品的绝技，各种铜器、银器、木器手工艺品，漂亮精致，风格独特，工匠们娴熟的技艺令人眼花缭乱，大开眼界。恰娃选中了一副银色耳环，一副手镯，吉伦当场给恰娃佩戴上，恰娃兴奋异常。斯文反复挑选，购买了一些有特色的小件饰物，以期赠送友人。

　　接着，他们参观了当地最大的一座清真寺。建筑规模宏大，造型别致，镀金塔尖耸入云霄，在阳光下熠熠生辉。寺院依山而建，迈上高高的台阶，门楼雕梁画栋，古色古香，有着悠久的岁月痕迹。步入寺内，墙壁上传统壁画、雕刻装潢精美，传承已久，极具文化价值和观赏价值，四周的一盏盏油灯，忽明忽暗，仿佛在讲述着古老而又沧桑的人类文明史。与集市上的嘈杂和喧哗不同，这里的气氛肃穆庄重。这里有着上千年的历史和深厚的文化积淀。斯文注视着墙上年代久远、画面有些模糊不清的壁画，望着虔诚的人们，心中涌动着一种崇敬。

身边的吉伦和恰娃，置身于这种庄重的气氛中，情绪也被感染了。

## 3

绿树鲜花环绕着宽广的街道，熙攘的人群中，他们体味到浓郁的异域风情。

斯文正在入神地观赏这座城市的建筑风格和行人衣着，突然人声嘈杂，一阵喧哗，人群自动闪开。斯文还没弄清怎么回事，本能地随着人流闪至一旁，只见一队身着军服的卫兵前呼后拥，鸣锣开道，接着出现一队腰上挎着军刀、脚下穿着黑色长皮靴的威武的骑兵，马蹄声踏在坚硬的地板上，掀起整齐而有规律的声浪，一看就训练有素。一乘六匹骏马拉着的豪华马车在行人注目礼下快速驶来。斯文注意到，马车上坐着一个高大端庄、帅气英武的年轻人。在他凝神打量马车里的主人时，那位英武的年轻人的目光也正扫向了他。斯文习惯性地向他报以微笑。

这种阵势，斯文从未见过。马车已经驶离很远了，斯文还在张望着。"这是波斯国王的马车，"长发女郎对他说，"这位年轻的国王能文能武，在民众中享有崇高的威望。"斯文释然，真是皇家气派，王者风范。

"先生。"正在这时，一个身穿军服、腰挂马刀的军士骑马来到他面前，下马后向他深深地鞠了一躬："国王有请。"斯文和吉伦一时愕然，连长发女郎也一时不知发生了什么事。

还是斯文反应快，他意识到是刚才和国王目光相对带来的连锁反应，立即弯腰回礼。"非常荣幸拜见国王。"

一行人随骑马的军士到了显赫的王宫，门口有人专门迎接。在富丽堂皇的王宫大厅，斯文见到了刚刚在马上看到的年轻英武的国王，连忙上前行礼。国王微笑着请他坐下。

"请问你是哪里人？"国王望着他的金发和标志性的鹰钩鼻子，一边问，一边推测判断斯文的国籍和到此的目的。

斯文彬彬有礼地回答了国王的提问，并说出了自己到波斯的探险计划。国王似乎对探险的话题很感兴趣，认真倾听斯文讲述一路的探险经历。

其间，不甘寂寞的吉伦几次欲插话，都被国王用目光制止了。国王显然不喜欢他和斯文的交流被他人打断，吉伦也就知趣地缄默着，尽管他是个表现欲很强的人，尤其在国王面前，这是一个多么难得的机会。

斯文的语气平缓而有磁性，讲述有条有理，在很短的时间里能抓住要点，吸引国王的关注，显示出他渊博的知识和良好的教养。

国王频频点头。

安静下来的吉伦渐渐也听得入了神。这真是一个有学问的伙伴，虽然相处了几日，他说话声音不高，从不抢他的话头，但在重要的社交场合举止优雅，谈吐不俗，眼神明亮，身上有一种吸引人的磁场，确实让人高看一眼。国王慧眼识金，在人头攒动中的一瞬间，就看中了斯文，并把他作为尊贵的客人请进王宫，这偶然中其实也包含着必然。

两人相谈甚欢，话题聚焦在斯文一路的探险。为了见证自己的话，斯文恰到好处地取出自己一路上绘制的不同地域的地形图，以及形形色色各民族人物的肖像素描，还有姿态各异、富有动感的野生动物速写，双手呈给国王。

国王认真翻看着斯文的画，非常高兴地说："先生，你真是一个优秀的探险家，也是一个非常棒的画家，你做的这些很有意义，非常欢迎你在我国任何一个地方考察。"

斯文喜出望外，连声致谢。

国王又说："不过，你在这里的画作要留下来一部分，供我们参考。"

"非常乐意。"斯文答应了国王的要求。

"我能为国王您画一幅肖像吗？"斯文带着谦恭的语气说。

"当然可以。"国王似乎正有此意，露出很开心的神情。

于是，斯文取出笔纸，用心给国王画像。年轻英俊的国王放松地坐在宽大豪华的椅子上，夕阳穿过高大的落地玻璃窗户，恰到好处地投射在国王的身上，看上去像镀了一层金，更增添了一分神秘和凝重。国王目光里透着自信，表情坦然而内敛，不怒自威。整个王宫里很安静，大家都屏住呼吸，只有斯文手中的笔沙沙作响。

"这家伙，真会把控局面。"吉伦望着斯文郑重的样子，心里暗自佩服斯文善于抓住时机，利用自己的长处，快速拉近与陌生人包括上层人物的距离。"不过，他倒真是一个天才的画家，他会把国王镇住的。"他回想起自己和斯文相识并成为好朋友的场景，那时，斯文也是用画笔打动了他。

斯文把画作双手递给国王，大家的目光一齐注视着国王。国王凝视良久，不露声色。恰娃不禁为斯文担忧。她偷偷扫了一眼斯文，见他目光安然，看不出丝毫紧张之情。再看看吉伦，也是一种沉着的表情，不觉自己也有了底气，挺直了腰杆。

沉寂的时间像过了一个世纪那么漫长。在恰娃预感不妙时，国王突然抬起头，望着斯文，连说了三个"好"。并让随从把画纸展开让众人观赏。画面上，国王英俊的面庞，坚毅的目光，形象而又传神。大家看到国王高兴，都随声附和，极尽赞美。

当晚，国王留斯文一行在王宫进餐，美酒佳肴，令斯文大开眼界。宴席极尽豪华丰盛，斯文经历了人生第一次最高规格的款待。

# 第八章

## 初战告捷

## 1

　　热情的国王安排他们在王宫一处客房下榻，衣食住行有专人照料服侍。晚上有专人烧好热水，请斯文沐浴。斯文开夜车写探险日记时，仆人及时奉上热茶，并端来夜宵。一日三餐，由王宫专业厨师掌勺，精致而花样无穷。波斯籍的厨师似在炫耀自己的技艺，连日来的食谱几乎不重样，变着法儿地让贵客品尝当地独具特色的美味佳肴。

　　"哎呀，皇宫里的日子真好，"长发女郎走南闯北，自认为见多识广，吃遍天下美味，和这里比起来，那真是小巫见大巫："要是天天这样该多好。"她用水灵灵的大眼睛望望斯文，打趣地说："我们都沾了大画家的光！"

　　"皇宫的生活自有皇宫里的优越，平头百姓自有平头百姓的好处。那些王公大臣虽然一个个看起来锦衣玉食，风风光光，可他们每天都谨言慎行，一副奴才相。"或许国王制止吉伦插话时的严厉眼神刺痛了他，这几日话少了，话锋也不似以前犀利："还是咱们自由，想到哪儿探险就到哪儿。"

"对，优越的生活是腐蚀剂，容易让人懈怠，"斯文也感到，这种安逸的、受人敬重的生活不能持久，他的目的是探险。于是他征询意见似的看了一眼吉伦和恰娃："我们要赶行程了，这几日我们就近参观一下名城和古堡，做好准备，尽快攀登波斯最高峰达马万德峰。"

"别急呀，放弃贵族的生活多可惜啊，"恰娃的语气半开玩笑半认真："好不容易攀上了国王，看那样子，国王还可能给我们每人封个一官半职的。"

两个男人都被恰娃的想象逗得开怀大笑。他们两人虽然性格不同，斯文博学沉稳，吉伦头脑灵活，喜欢侃侃而谈，但二人有一个共同点，对探险事业充满热爱，而当官显然对他们没有吸引力。

恰娃也跟着两人笑了起来。很明显，她也就是随意一说，没有当真。

黄昏，柔和的夕阳洒在气势恢宏、巍然壮观的王室建筑上，像镀上一层金，更显出梦幻般的豪华和卓尔不群。

年轻英俊的国王今天兴致很高，在王宫的花园里亲自接见他们，并陪同他们散步。

花园里碧草青青，小桥流水，曲廊迂回，绿叶和鲜花相映，小鸟在枝头跳跃，微风吹过，空气中含着花香和新鲜的青草味。

"先生，这几日开心吗？"国王仍和第一次见面一样，目光对准斯文。了解国王性格的吉伦和恰娃默默地跟在后面，保持一定的距离。不同的是，恰娃对英俊的国王充满着神秘感，而吉伦内心则对这种等级森严的王室氛围本能地抵触。他们这几天的王宫生活，虽然国王很少露面，但他们的一举一动显然都有人向国王专门汇报。

"谢谢您的关照，我们考察了贵国著名的古堡、古寺和古建筑，很有收获。"斯文真诚的赞美发自内心，"您是一个伟大而圣明的国王，您统领的国家是一个伟大的国度，有着深厚的地域文化，许多具有重要历史价值的古建筑保存完好，那些历史悠久的壁画、雕刻更是传世之瑰宝。"

国王听得很认真，矜持而不无自豪地说："希望先生多多传播，让世界更好地了解我们悠久的历史和文化。"

"您的人民勇敢智慧、热情好客，"斯文说起了在集市上的趣闻逸事，绘声绘色地讲述了红脸膛卖家和买主交易的场景。

"萍水相逢，卖家还慷慨赠送斯文先生珍贵的礼物呢。"恰娃不由自主地插了一句。

国王这次没有显示出不满的神态，而是微笑着看了她一眼，又扫了一眼吉伦，好像刚刚注意到他们的存在。

"这是一件值得收藏的纪念品。"斯文说。

"希望先生多走走，多看看。"国王心情愉悦，脸上威严的表情不觉间变得柔和起来，并用一种诙谐的口吻说："希望先生有多多的惊喜。"

斯文目光炯炯有神，望着国王说道："明天，我们将开启新的探险之旅，"他顿了顿，说："计划一早启程，攀登达马万德峰。"

国王没有立刻答复，脸上又恢复了一贯的威严神情。

这时，天已黑下来，不知什么时候，仆人们已打起灯笼火把，花园里灯火通明。小桥流水、树木花草、亭台楼阁，掩映在一片朦胧中，天上悬挂着一弯新月，星星散布在弯月周围。和白天相比，更有一种别样的风情。

"达马万德峰高达5000多米，当地人很少攀越。"国王打破宁静，望着天空的星辰。

"不怕，我们一定能登上去。"斯文声音不高，但底气充足，听了让人踏实。

"需要我做什么？"国王望着斯文，见他决心已定，说："我会全力支持你的。"

"谢谢。"有了国王的支持，斯文信心更足了。

## 2

乘坐豪华马车，几只骆驼和马匹驮着食品和装备，还有两名联络官随行，保障斯文的衣食住行。

有了国王的安排，斯文此次攀登达马万德峰，严格意义上说不像是探险，倒像是一次豪华的出游。

三匹黑骏马拉着马车出了城后，在郊区的道路上飞奔。道旁树木高大，周围不时看到一些村庄，正是早饭时分，村庄上空飘荡起缕缕炊烟。近处开阔的田野上，绿草青青，一群牛羊正在悠闲地吃草。偶尔有牧童甩起响鞭，在空旷的田野回荡。

斯文坐在马车上，欣喜地看着这一切。多么幸运啊，初涉探险之旅，所经历的一切似乎没有想象中那么艰难和坎坷，命运似乎对他格外垂青，总是遇到贵人相助。他转身看了看坐在另一辆马车上的吉伦和恰娃，旅途中有了这两个好朋友，为寂寞的行程带来了无限欢乐。这一趟探险之旅，幸运的是没有经历太大的风浪，自从走出国门，亲眼领略了各地的风土人情，饱览名山大川，虽然只是浅显的、初步的涉猎，可也使他大开眼界，学到了在课本上学不到的知识，收获了在地图上永远感受不到的深刻体会。

他对自己下一步探险计划的实施充满了信心。

他正沉浸在对未来探险的憧憬中天马行空时，马车停下来了，随行的联络官迎上来，微笑着说："先生，请下来歇息一下，到用膳的时间了。"

他有点不太适应联络官那热情的伸手搀扶，婉谢一下，很轻松地自己跳下马车，活动一下手脚，其实他并没有饥饿感。

　　当地的长老显然接到了国王的通知，几个看上去有身份的人带着酒水、新鲜的奶酪以及大量的食物在路旁恭候。

　　在斯文和当地长老攀谈的时候，其他的随从各司其职，利索地从骆驼背上拿出帐篷，打开桌椅。随行人员中还有一位肚子很大、像弥勒一样的专职厨子，他围着临时搭建起的炉灶，一阵忙活，桌上很快就摆满了富有王室风格的荤菜和素菜：整条的清蒸鱼、红烧牛肉、外焦里嫩的油炸野鸡和野鸟，以及各种新鲜蔬菜，红绿搭配，色香味俱全。

　　到底是国王派来的随从，非常讲究礼节礼仪，首先谦恭地推让斯文在正中主位坐下，吉伦和恰娃挨着就座，联络官员在斯文另一侧下首坐定，两位当地乡绅也略显拘束地坐在下首。

　　斯文尝了一口清蒸鱼，味道鲜美异常，不禁连连称赞。在偏僻的荒郊野外，享用如此豪华的宴席，斯文内心不得不叹服国王的能力。对于一个习惯风餐露宿，经常饿肚子的冒险者来说，那可真是从地狱一下子走进了天堂。大家一边品尝美味，享受皇室的待遇，一边愉快地聊天，开着玩笑。

　　"天下之大，莫非王土，真是皇恩浩荡，让我们在乡野孤村还能享用这等上好的美味佳肴。"恰娃生性不受约束，这几日在王宫做客，还刻意地收敛了几分，此时置身郊外，几杯酒下肚，俊俏的鹅蛋儿脸上绽放着红晕，又恢复了爱闹爱笑的顽皮天性。她一边毫无顾忌地大口喝酒，享用佳肴，一边开心地抒发着内心的感慨。

可能是兴奋过度，她的鼻尖上渗出细密的汗珠，加上她那不加掩饰的馋猫相，让众人觉得她既可爱又滑稽，都以宽容的笑脸看着她。对于漂亮的女性，人们总是用一种宽容的标准来对待。两个善于察言观色的联络官悄悄打量，见斯文对女郎的造次没有反感，甚至带着欣赏和纵容，也就放下身段，殷勤地给她夹菜。很快，她面前的盘子堆起了小山。

"哇，简直要撑破肚子了。"她突击消灭掉眼前的"山头"，站起来伸伸腰，端过满满一碗酒，故意拿腔拿调地对斯文说，"先生，你才是国王最尊贵的客人，"她环视了一下众人，见大家都在听她讲话，更加得意："我们都是沾了先生您的光，我代表国王敬您一杯。"说完，一仰脖子，一口气干完了一碗酒。

斯文也有好酒量，是个不服输的人，何况还是一个美女敬酒，于是毫不犹豫地一饮而尽。接着又主动站起来，对着吉伦说："伙计，我们也干一杯。"

"干！"吉伦端起一杯酒，一饮而尽。两人微笑相视，心有灵犀："祝登山成功！"

当地乡绅性格豪放，对能大碗喝酒的西方人很敬重，争着给斯文敬酒，斯文来者不拒，宾主开怀，大家吵吵嚷嚷，气氛非常融洽。

当地长老举起一碗酒，对斯文发出邀请："这儿不远有个神湖，湖水深不见底，里面有重达几十斤的鱼，但是据说湖里有水怪，常常出来兴风作浪，没人敢到湖心。"他指着桌上吃得只剩下光秃秃的鱼骨架的盘子说："这条大鱼就是从湖里钓上来的。"

"好呀！"恰娃刚刚过了嘴瘾，这会儿听说有神秘的湖泊，更加兴奋，拍着巴掌第一个响应。

斯文和吉伦双目对视："就这么定了！"

"那个神湖叫什么名字？"由于酒精的作用，恰娃的脸上白里透红，愈发显得妩媚靓丽。男人们都不由得心跳加速。

不料，当地长者却阴沉下脸，半晌没说话。

斯文也感到纳闷儿。

直到联络官也以不解的目光看着长者，长者才嗫嚅地说："当地人都不能说出神湖的名字，要是失口说了，就会招来灾难。轻者，所乘坐的马匹会失蹄，骆驼会迷路，人会得病；重者，遭遇雷劈电击，死于非命。"长者的话令大家不寒而栗，恰娃自觉酒后失语，补偿似的对大家吐了吐舌头，扮了个鬼脸。

不得不说，一路上有了美丽的女郎相伴，给探险旅途增添了很多乐趣。

真是一个神秘的湖。而这些神秘的传说，更坚定了斯文和吉伦一探究竟的兴致。

本来厨师还给他们准备了质量上乘的茶茗和精致的小点心，让尊贵的客人消消食、醒醒酒，歇息一下再赶路——到大湖还有数十公里的路程，反正旅程没有什么时限，什么时候走，什么时候停，全靠客人的心情——联络官一直把斯文此行当旅行来看待，作为皇宫的联络官，他们多次担负这种使命，陪同皇上的客人游山玩水，只要客人玩得尽兴，他们就尽到了责任。

而斯文和吉伦看看天色，若想当天赶到大湖，顺利的话，也得快黄昏时才能到达。赶早不赶晚，他们急于赶路，执意要走，随从利索地收起帐篷，眨眼间就收拾好一切东西，装车停当。

"真是训练有素的皇家随从啊。"斯文目睹他们有条不紊地做好这一切，不禁感叹。

一行由长者指引，往偏西北的方向转入了狭窄的土道。地势不平，路越来越不好走。马车在坑坑洼洼的山道上下颠簸，简直要把人颠得散了架。刚吃了美味佳肴，生猛的食物来不及消化，胃里翻江倒海一般，他们只好抓紧豪华马车的扶手，斯文几次欲吐，都强忍住了。

"停，停。"坐在另一辆马车上的恰娃受不了了，她一直用手捂着肚子，实在不行了，就开口大喊。车夫看了一下前面斯文的马车仍在前行，犹豫着，不知该不该停下来。

吉伦看到恰娃实在坚持不住了，就挥手示意停下来。

马车刚一停下，恰娃就弯腰在地上哇哇地吐了起来。吉伦在她背上轻轻地拍着。闻着那股带着酒气和肉食混杂的特殊味道，仿佛传染似的，吉伦几乎也要吐出来，他直起腰，使劲儿控制住自己。

斯文见后面的马车停下了，就下了马车——一股酒劲冲上来，他差点呕吐出来。他蹲下来静了一会，又站起向停下来的马车方向奔去。

这时的恰娃和在酒席上出尽风头的妙龄女郎判若两人，此刻，她半蹲着，浑身剧烈抖动，只见她脸色苍白，眼含泪花，一头长发披散着，地上呕吐物散发着刺鼻的酒气。此刻，她真想把肚里的食物全部吐出来，其实已经没什么可吐了，可她仍直不起腰来，张着嘴做着呕吐的动作。吉伦在一旁爱怜地看着她，却爱莫能助。

大家稍事休整，厨师拿出奶酪，大家吃了一点，感觉好多了。看看耽搁了一些时间，联络官向斯文请求："先生，要不就地宿营，明天一早再出发？"

斯文望了一眼引路的长老："离大湖还有多远？"

长老举目张望了一番，说："快了，这里已经感觉到湖水的湿润气息了。"

一行人使劲嗅了一下空气里的气息，似乎真的有一些水的成分，清新中带点甘冽。

"我们还是赶路吧。"斯文心中不愿让联络官把他们此行当作游山玩水，连这点苦都吃不了，还算什么冒险，若传到国王那里，那真是解释不清了。

恰娃恢复了一会，此时感到好多了。她掠了掠额前的散发，无意间扫了一眼斯文。斯文感到这目光里有一种受了惊吓的无助感，又含着一种拖累了大家的歉意，仿佛在对斯文说"对不起"，如果女郎以这样一种目光请求他停下来就地休整一天，相信没有人会硬下心肠来拒绝。而出人意料的是她一扬秀发，坚定地拥护了斯文的话："对，我们立即出发。"

"女神"的话给大家带来了力量，于是又各自登上马车，准备出发。

"我要骑马。"恰娃似乎被马车的颠簸吓破了胆——或许是因为她刚才已把苦胆都吐出来了。于是放弃马车，乘马轻装上路。

恰娃动作潇洒地跨上一匹枣红色骏马，一扬秀发，策马前行。虽然道路坑洼不平，但她显然习惯了骑马而不能享受坐车的待遇。马上的恰娃又恢复了她女侠般的风采，目光中透露着自信。斯文心里很纳闷儿，这个一向心直口快的女郎，明明早就不堪忍受马车的颠簸，为什么不及早提出改换骑马呢？

转过一个长长的弯道，斯文简直不敢相信自己的眼睛，在一片半人高的芦苇和灌木的后面，一个大湖展现在眼前，湖面像镜子一般光滑，风平浪静，水波浩渺，一望无际。不知水有多深，湖有多大。湖边一棵大树下，一支数十人的商队在此歇脚，他们一边吸烟喝茶，一边吃着面包、香肠，样子很悠闲。他们的马匹上携带烟草、茶叶、面粉和其他货物，显然是一支经常过往此地的商队。斯文是个自来熟，很快和商队的人就熟络起来。

"你们经常从此地过吗?"斯文向一个首领模样的人打听。

"一年差不多路过一两趟。"对方看着斯文的白人长相和衣着打扮,既不像本地人,又不像商人,身边的随从倒颇有官员的气势,一时辨别不清他的身份。

"你知道这个湖叫什么湖吗?"一提及面前这个神秘的湖,斯文的眼睛里就闪着光芒。

"不知道,"对方望着斯文,摇摇头:"你是旅行的吗?"

"你猜对了一半,"斯文幽默地说,"我们是探险的。"

对方显然不太明白探险的意思,嘴里轻轻地嘟囔着。看到商队里有人抱着一捆新砍的柳条过来,他就搭了一把手,帮着把柳条理齐整、捆好。

"你打算把这些柳条带回去吗?"斯文看着对方的举动,不明白他们这么老远弄些柳条干什么。

"对。"对方认真地把柳条打理好,告诉斯文,这里的柳枝非常有韧性,穿在马或骆驼的鼻孔中,是最好的鼻夹子。每次路过这里,商队都专门砍些柳枝备用。

他的话提醒了斯文。他站在高处,仔细观察大湖的全貌。要想探明此湖的深浅,摸清湖水的脾性,就要到湖中深入了解。但偌大的湖面,要想一个人游泳进去是不可能的。

"造船。"一个大胆的想法在斯文脑海中闪现。

当地人从没有见过船,不知船是什么样子。斯文不但是游泳高手,而且为了探险,曾专门到造船厂去学习,听专业的造船师讲课，对船的结构原理了然于心。他在纸上画了一艘船的模型，解释了好久，联络官也没搞明白，一头雾水。但联络官毕竟是王宫里的人，不懂装懂，指挥众人按照斯文的要求，砍来木棍，用牛皮、马皮把木棍结结实实地固定在一起，很快制作了一艘简易木船。又找来几个装水用的羊皮囊，吹得鼓鼓的。众人把船推进水中，斯文手摇木桨坐在船前，吉伦在后，恰娃居中，小船慢慢开动了。恰娃第一次乘船，起初坐在船上，身体紧紧地贴着船帮，划桨的手不听使唤，手忙脚乱的，洋相百出。而斯文和吉伦水性很好，也都是划船高手，在平静宽广的湖面上划船感觉比在公园里荡桨好玩多了。两人配合默契，船划得又快又稳。恰娃是个胆大机灵的女子，脑瓜子反应敏捷，对新鲜事物接受很快，经过初始的紧张，照着斯文的样子划了一阵，觉得划船并不复杂，而且好玩新鲜，也开始双臂使力，和斯文、吉伦步调变得一致起来。

小船在湖面上航行，夕阳西下，湖面波光粼粼，不时有金色的鱼儿跃出水面，在空中漂亮地跳跃着，又跌入水底，湖面上激起一个个涟漪，水纹一波一波向四周扩展。鱼儿们仿佛在炫耀水性，展示自己空中弹跳和翻转的优美身姿，一个比一个跳得高，在空中翻转的动作难度越来越大。三人划着船，被眼前的景色所吸引，贪婪地欣赏着湖光水色。

斯文站在船头，看着神湖的绝妙风景，心情无比舒畅。他一会儿拿出相机拍照，一会儿拿出画笔在平稳的船上写生。恰娃坐在他的身后，看他唰唰几下，笔下生风，就活灵活现地勾勒出眼前的风光。斯文善于从最佳角度捕捉最美风景，画技简直出神入化，怪不得让一向性格孤傲的吉伦折服，还吸引了波斯国王。斯文没有留意恰娃的视线，他正全神贯注地观察湖面，研究水的深度和流速。夕阳的余晖洒在他的脸上，他的脸被阳光镀上了一层柔和的金光，任金色的卷发在微风中轻轻拂动，全身心投入研究勘探中，周身散发着奇异的魅力。

感觉到恰娃在定睛观察他，斯文不动声色地转过身，按动相机快门，"咔嚓"一声，留下了恰娃和吉伦在船上的合影。周围是浩渺的水面，两个一前一后，一个坐在船中，一个手中拿桨站在船尾，波光水色，人和景完美地融入镜头，自然、优美……

船越划越远，西边天际燃烧的晚霞不知什么时候收回了最后一道金辉，湖面上有风刮起，袭来阵阵寒意。

"不好，起风浪了。"站在船头的斯文突然感到风声越来越强劲，天空一道闪电，雷声滚滚，狂风挟着暴雨顷刻而至。平静的湖面一下子变得狰狞恐怖，浪头翻卷，发出巨大的吼声，一波一波向小船打来，好像藏身于湖底的妖魔鬼怪一起现身兴风作浪，想要一口把船吞下去，小船在风口浪尖上下起伏，剧烈抖动。斯文浑身被水打得透湿，他站在船头，头脑异常冷静，灵活地驾驶小船一次次躲开浪潮的正面袭击，尽可能地向一旁靠岸的方向驶去。吉伦浑身上下也是湿淋淋的，他胸前挂着羊皮囊，望着惊恐万状、身体紧紧地贴着船底、发出阵阵尖叫的恰娃，做好了最坏的准备，一旦小船破解，他将保护恰娃，游出大湖。

吉伦紧张地盯着水势汹涌、浊浪滔滔的湖面，双手划桨，配合斯文的行动。巨大的浪头扑来，有好几次险些把他打下船去。天空黑漆漆一团，只有涛声浪声，船舱里灌满了湖水，吉伦用力往外舀水，趁机用身体挡住打向恰娃的浪头……

不知过了多久，斯文感到船的底部发出"咯噔"一声，像触到了湖底。他判断离岸边不远了，此时，小船几乎要解体，他跳入水中，果然水没及胸部，脚下是坚实的湖底。他和吉伦奋力把小船往岸上推去。

他们看到了岸上的一支支火把，听到了人们的呼喊声。吉伦抱起已经吓昏的恰娃，走上了岸。

"哎呀，真了不得，这么大的风浪，这么黑的夜，他们还能把小船划回来。"

"真是奇迹。从来没听说过有人在大风浪的夜晚进入神湖活着回来……"

人们赞叹着，议论着。

联络官早已点燃火堆，备好了热腾腾的姜糖水。斯文和吉伦换好衣服，烤着火，喝了姜糖水，身体慢慢地恢复了力气。再看恰娃，此刻，喂了姜糖水，已然苏醒。她一眼望见吉伦，眼中涌出泪花："你们都还活着？"她紧紧地握着吉伦伸过来的手，"我还以为，我们都要死了……"一向大胆泼辣的恰娃，经历了人生的惊险一幕，还心有余悸，说话也变得结结巴巴。当他看到斯文那明亮的、劫波过后依然刚毅而坚强的目光，立即现出羞怯的样子："不过，我觉得，这才是真正的探险，你们都是真正的勇士。"

火光下，恰娃的脸上泛起了红晕，眼中闪耀着动人的光彩。

## 3

马车隆隆前行，大家都沉默着。经过神湖历险，大家的心情不再那么轻松，而是真正有了一种战斗的意味，一路上也没有人不合时宜地开玩笑。

地势越来越高，道路也愈发难行。远处已经看到巍峨的山影，斯文的一颗心快要跳出了胸腔。

这是他第一次攀登5000多米高的大山。自从他立志投入探险事业，他已经做足了思想和体能上的准备，对此信心满满。真正来到真实的巨大的山体面前，他发现那和书本上、地图上反复审视的感觉大不相同。仰望高峰，山势巍峨，透着一种庄严神圣。站在山脚下，人显得那么渺小，群山连绵起伏，周围高低不一的山尖拱围着最高的主峰，主峰高耸入云，傲视万物。山脚下还绿意葱茏，顶部却是覆盖着终年不化的积雪。探险道路上第一次攀登大山，他心头充满了庄重和神圣。

　　和前面行程斯文所经历过的一样，山脚下，当地的村落长老早早备好了所需物资和食物，几匹精选的负重的骆驼、善于爬山的骡子以及帐篷、砍刀、拐杖、缆索等装备，还有三名当地最有攀登经验的精壮小伙当向导，他们在此恭候多时了。

　　简单用餐后，随行的联络官和其他人在山下的村庄等候，斯文和吉伦、恰娃及三个向导组成登山队，准备停当。斯文带上自己心爱的煮咖啡的小壶和茶，银制的小勺等物品，仔细检查了队员们的装备和携带的食物、水，开始了出道以来第一次攀登大山的处子秀。"我一定会成功的。"斯文从内心发出呼喊，他感到自己的心脏都快要跳出来一般，滚烫、跃动。

　　刚开始山坡平缓，杂草、藤蔓丛生，根本就没有路。他们由向导负责用砍刀拨开一条仅容一人通过的小道，其他队员跟着向上。虽然没有险情，但行进缓慢，十分耗时费力。两个当地精壮的小伙向导很快就满头大汗，其他人也汗流浃背。天空没有一丝云彩，毒辣的日头也加入看热闹的行列，直射在队员身上，像火烤一样。队员们走一阵就要停下来喝水以补充体力。好在他们携带了充足的水，足够队员们几天用的。斯文虽说是第一次翻越大山，但他从小勤于锻炼，身体强健，感觉一切很好。

　　机会是向有准备的人敞开的。

　　越往上爬，山势越陡峭，队员们弯着身子，人像是悬在半空。山风猛烈，似乎要把悬在半空中的人掀翻，队员们身子紧贴着山体，专心地往上挪动脚步。太阳不知什么时候收回了巨大的光亮，天色昏暗下来。置身山中，却感到距离山顶遥不可及，山顶耸入云霄，仿佛和灰蒙蒙的天际融为一体，分不清山巅和天空。

"哎呀！"突然恰娃一声惊呼，脚下不慎踏空，身体失去平衡，幸亏斯文早有防备，让一个向导跟在身后，专门照顾她。向导眼疾手快，在她身体失重就要摔下的瞬间，出手快捷、准确地托住了她的身体，借着这股强大的力量，她终于双脚落地，又站稳了。

看看天色已晚，队员们体力消耗很大，这时空中又下起了细雪，那米粒一样的雪花落在山上并不融化，使得本来就陡峭的山崖因为打滑更加险峻，稍不留神，就可能失脚坠落。疲劳、饥饿、寒冷一起袭来，大家都有了乏意，一天连续爬山，手脚不停，精神高度集中，双腿有些发软，手脚也变得僵硬不太灵活，连出发前热情高涨的吉伦也没有继续攀登的心思。斯文选定一处稍缓的背风地带，指挥队员扎下帐篷。队员们在暮色中捡拾了一些干树枝，点火，一边取暖，一边吃着带来的肉食、鸡蛋、面包、奶酪等食品，慢慢又恢复了体力。

斯文用携带的小壶煮了开水，一边吃着食物一边品着香茗，吸着香烟，看他的样子，好像仍在王宫生活一样休闲，队员们都受到了感染。爱闹爱笑的恰娃本来想凑热闹，但无奈感到头疼欲裂，阵阵目眩，在吉伦的搀扶下先行歇息，大家兴致受到影响。斯文叮嘱大家早点休息，储存体力，明天一早继续攀登。

营地一片死寂，山中的夜晚寒气森森，斯文睡在帐篷里，迷迷糊糊入睡，之后又被冻醒。夜里很静，加上寒气，本来就睡不踏实，一听到帐篷外隐隐有动静，屏住呼吸，那动静又消失了。刚想睡，那动静又清晰地传入耳膜。他轻轻起来，摸黑拿起靠在帐篷边的砍刀，走出帐篷，借着火堆的光，大吃一惊，几只高大凶狠的胡狼不知什么时候闻着肉香，聚拢过来。这些狡猾的山中精灵，刚开始看到围着火堆又吃又喝的"闯入者"，没敢贸然出击，而是借着夜色隐蔽起来，待人困马乏的"闯入者"睡意沉沉，靠着灵敏的嗅觉，把捆扎在食品袋里的肉食撕开，这些食肉动物大快朵颐，让斯文第一次目睹了饿狼贪婪、凶恶的吃相。

"狼，狼！"斯文双手挥舞着砍刀，大声吆喝，想把它们吓跑。

这些凶猛的食肉动物对到嘴的肥肉不舍得放弃，不但没有吓跑，见只有斯文一人，个头又小又瘦，根本不把他放在眼里，反而形成掎角之势，呈进攻队形一步步向他逼近。

其他队员听到了静夜沉寂的大山里格外刺耳的呼喊和狼低沉的咆哮声，迅速抓起棍棒冲出来，一齐向狼群挥舞。

狼群见已败露，似有不甘，但也不再冒险与"闯入者"死拼，像有默契似的，一齐撤退。他们都没有弄清楚是怎么回事，转眼这些山中精灵就消失得无影无踪，让斯文都不敢相信自己的眼睛，刚才的惊险一幕到底是在梦中还是在现实中？

一场虚惊后，队员又重新睡下，但后半夜天气更加寒冷，大家都没有休息好。

第二天一早，队员们简单吃了点东西，准备继续登山。遗憾的是恰娃昨天受了惊吓，夜里又受狼群惊扰，加之寒气侵袭，这会发起高烧，神志不清，说起胡话。

"你留下，照顾她。"斯文给她服了自备的感冒药片，要吉伦留下，自己带着向导冲顶。

吉伦摇摇头，目光坚定地望着斯文。

斯文知道吉伦内心很想留下来照料女友，可他是个执着、爱面子的人，他是不会撇下自己的朋友而失去这次难得的登顶机会的。

斯文只好留一个向导在半山腰的宿营地，照顾病中的恰娃。

山势越发陡峭，人简直像直立一样，手脚并用才能慢慢移动脚步。加上落着一层雪，十分光滑，回头看看，万丈悬崖，让人目眩，连向导也感到有些吃力。而以探险为天职的斯文，仍在奋力攀登。开始探险以来，他还没有遇到过真正的挑战，尤其是在王宫的那些安逸日子，让周围的人误认为探险不过尔尔，游山玩水一般，有时让他自己也觉得迷茫。只有像眼前这样，向生命极限挑战，走别人走不了的路，翻别人上不去的大山，历尽磨难，给每一个地图上空白的地域以正确的标注，给迷信的传说以科学的解释，才是探险者的荣耀。

高山的气候神秘莫测，瞬息万变。正在艰难的攀登途中，天冷不丁下起了冰雹，队员们身处半空，无遮无拦，冰雹结结实实地砸在他们的头上脸上，像擂鼓一样密集有声。接着强劲的山风又呼啸而来，队员们只好双手紧紧抓住岩石，把头埋在臂膀里，稳住心神，焦虑地等待着。

斯文这时才深切地感到，做一个探险者，必须平时花费更多的汗水和心血来锤炼自己，使自身具备一种百毒不侵、百险不惧的身体和心理素质。

想到自己此前受虐狂一般的严酷训练，今天经过实战检验，才觉得之前这一切是多么的必要。

想到此，他不觉想起了吉伦。这个长相英俊、喜欢侃侃而谈的伙伴，这会儿还能坚持下来吗？

"还行吗？"他头没抬，保持着屈膝弓腰的静止姿势，大声对下面说。虽然他用尽了力气喊，可在风声中，声音的分贝显得如此弱小。

吉伦紧挨着他，此刻，也正面临着心理和体力的双重挑战。但他不能在他的伙伴面前露怯，斯文能做到的，他也一定能。不过，从内心深处，他对这个瘦小的伙伴充满了敬佩。斯文属于那种你越是跟他深交越能让你感受到他的个人魅力的人，这个说话一贯声音沉稳、不疾不缓的小个子，内心却有着强大的能量，他从没见这样年轻、这么貌不惊人的躯体内，能积蓄并爆发出如此强大的能量，如此坚忍不拔、意志坚强。虽然斯文年龄不大，但他坚信斯文必将成为世界探险史上一个名垂青史、大有可为的人。

"行。"声音虽然低沉，但还是传入了斯文的耳膜。那声音里透露出一种坚定，一种不屈服的倔强。人只要有了这种勇气，就可以睥睨人世，傲视万物，吉伦对自己的伙伴愈发欣赏。

此刻，斯文身子贴着山体，仔细体验着不同海拔的气候、山体山势和地质地貌的变化特点，仰望山巅，白雪覆盖下冰柱悬垂，造型别致，美轮美奂，这千百年来大自然的神来之笔，让斯文大开眼界。

越接近山顶，海拔越高，空气越稀薄，斯文开始感到呼吸困难，头晕目眩，双腿发抖，最要命的是手脚不住地抽搐痉挛，他眼睛一黑，身体差点失去控制掉下去，"离成功只差一步了，一定要坚持住，"他在心里暗暗给自己打气，深深地吸一口气，积蓄了一下体力，继续顽强地向上移动、攀登。

凭着坚强的意志，他一步步、一点点接近心目中的制高点。

向导也落在了他的身后。这次冲顶天公不作美，并不适合继续前行。他们早就有意中途撤退，另择好天气再上。可没想到，这个瘦小的年轻人如此坚韧、顽强，有常人不敢想象的毅力。作为向导，他们当然不能退缩，只有咬牙使出全力跟着攀登。而那个看似高大结实的吉伦，虽然努力攀登，但实在是体能透支，看起来是不可能仅靠自己的力量登顶的。但他这种执着的劲头，也让他们刮目相看。两个向导一左一右牵扶着吉伦，往上挪动步子。

斯文的双手终于触摸到了山顶那覆盖着冰雪的坚硬光滑的地表。他心里一阵狂喜，浑身触电一般，产生了一股神奇的力量，他手脚并用，奋力攀上了达马万德峰。他平躺在山顶，注视着天空。天空低垂，仿佛他一伸手就可以把天抓住。山顶风声更猛，似千军万马铁骑腾飞，刀斧相击，像上演着一场远古人类的大战，他就是指挥这场大战的将军。风卷着雪花，在空中回旋，发出凄厉刺耳的喧嚣，仿佛是全人类最激昂、最动听的交响乐，他就是这首大乐章的弹奏者、指挥者。

寒冷，缺氧，乏力，这一切都消失了。他静静地舒展四肢，躺在海拔5600多米的峰顶，体会着胜利带来的喜悦，感悟着人迹罕至的银白世界、清新的空气、独特的景色。他的感受如此深刻，以至于想立即站起来，把这种感受倾注在文字中。

他坐起来，望着这银白的世界、秀美的景色，拿出画笔，迎着强劲的山风，唰唰地画起了素描。连他自己都没想到，他的思想是如此灵动，思维是如此敏捷，他的双手犹如神助，快速准确表达出他的双眼、他的思想所要呈现的神秘、壮观、奇特的景色。

他的伙计吉伦在两个向导的帮助下，终于登上了高山之巅。他们兴奋地相拥在一起，以胜利者的姿态尽情欣赏着眼前壮美如画的高山景观。

# 第九章

## 再战大漠

### 1

斯文没有死，上帝似乎格外垂青这个意志坚韧、性格顽强的小个子年轻人。

他在昏迷中，脑海里反复出现家的温情和初次探险的镜头，一切历历在目，犹在眼前。他怎么能死呢？他梦牵魂绕、念念不忘的探险事业，时刻在召唤着他、等待着他、激励着他。

驼铃，那亲切悦耳的声音，那穿越千年流传在丝绸之路上生生不息的大漠歌声，在他耳畔隐约响起，由远及近，由弱渐强。

此时，他的脸深深地扑在大漠上，那柔软的沙子轻轻地抚摩着他的脸庞，似乎在唤醒他的意识。他静止不动，虽然意识恢复了，但他的四肢还是不听使唤。

他又回到了现实。经过那场可怕的大漠风暴，他的骆驼队，他和缺水七日的队友们，几乎遭受了灭顶之灾。豹子和大块头、枪王、长腿，他们现在在哪里，他们还好吗？

想起生死未卜的队友和他此刻的处境，斯文心里一阵发堵。这时，那让他入迷、给他力量的驼铃声在风中又隐约传来，不会是幻觉吧？他努力地抖了抖头上的沙土，细细聆听，没错，真是驼铃声，如此悠扬、如此深沉，传越千年大漠，仿佛把一首动听的歌谣送进他的耳膜。

对生的渴望，对探险事业的热爱，使他的四肢神奇般地生发出力量，他站起来，循着声音传来的方向——他看到远方，一支长长的驼队的影子，在大漠的阳光下，披着金色的光辉，向他走来。

"嗨！嗨……"他跌跌撞撞向驼队奔去，使劲地挥动着手臂，使劲地喊，好像使出了吃奶的力气。但那声音，在阳光下的空旷大漠上，显得如此无力、苍白。他一头栽倒了……

驼队由远及近，驼铃声分外悦耳动听。而醉心于这首千年歌谣的斯文没有听到。

"有人！"驼队从他身旁走过。一个眼尖的大耳朵的小子发现了沙面上隆起一个怪物，他机警地抓住猎枪。

"做你的梦吧，"同伴显然不喜欢这个一惊一乍的大耳朵。大耳朵是个闲不住的家伙，一路上总爱闹出点动静，为寂寞的旅途增添了不少笑料，帮大伙儿调适一下枯燥单调的心情。

"是不是想媳妇想得走火入魔了，"另一个同伴取笑大耳朵，这家伙嘴巴总也闲不住，不出三句话，就夸自己的媳妇多么俊俏、多么有趣，仿佛总也讲不够。那是一部没有结尾的长篇评书，在漫长的大漠之旅他总是津津有味地讲述和媳妇的趣事，一路到头也说不完、道不尽。

"不对。"大耳朵这会来真格的了，他手提猎枪，翻身下了骆驼，向地上隆起的怪物奔去。

他围着斯文转了一圈，确信真的是个大漠落单之人，这种情况他以前也遇到过，有的单身旅行者被发现后，已经死亡多日了，连个名姓都不知道，成为茫茫大漠的无主鬼魂。

"喂，"大耳朵上前推了一下斯文的上身，没有一点反应，他把斯文的脸翻转来，一脸沙子，头发蓬乱，面如死灰。他把手指放在斯文的鼻孔前试了试，眉头一跳："还活着！"

大耳朵的惊叫声吸引了人们的注意力，大家的目光一起聚焦到这里。

"喂他水。"一个头领模样的中年人取出腰上挂的小号水壶递过去。

大耳朵接过来，拧开盖子，一只手扒开斯文的嘴，一只手扬着水壶，清清的水一滴一滴注入斯文的口中，在干裂的嘴唇、长满胡须的下巴上滑动。

斯文仿佛在梦中遇到了神赐甘泉，那王母赐予的玉液琼浆是如此甘甜、芬芳，洞穿他紧闭的牙缝，直抵他的丹田，滋润他的五脏六腑。他感到周身凝滞的血液开始流通，身上恢复了活力。他下意识地抓住那个一滴一滴往下滑动的水壶，"咕咚咕咚"一股脑儿地往肚子里灌。

"水，水，"他睁大迷茫的眼睛，辨不清眼前晃动的人影，只是呼唤着"水"，此刻，给他再多的水，他也能一口气喝下。

"停！"头领制止了大耳朵继续为斯文递过去的水壶，"久渴的人不能一下子灌那么多的水，否则会要了他的命。"

喝了水的斯文望着头领，他心里此刻最牵挂的，是生死未卜的豹子和队友们，早一分钟赶到，或许就能挽救他们的生命。

"求求你，救人……"他断断续续地说完，又昏了过去。

商队停了下来，搭起了帐篷，让斯文躺在帐篷里："好好歇息一会儿，他的生命无大碍。"头领久行沙漠，见多识广："等他醒了，喂他些小米汤，休息一下，就会好的。"

过了一会儿，斯文醒来，喝了小米汤，身上有力气了，他挣扎着要下地，但双腿发软，眼冒金星，差一点摔倒。

"你不要命了！"头领吆喝一声。

"我要去救人。"斯文用乞求的目光看着头领："我的队友和驼队，他们缺水，又遭遇了大风暴，全走散了，求求你，借我一匹骆驼和水，我会加倍付你报酬的。"

斯文的话打动了头领。一个刚刚捡回一条命的人，想到的是他的队友，全然不顾自己的安危。常年行走大漠，遇到特殊情况，被困致死是常见的事。古道热肠的商队头领立即吩咐大耳朵挑选三匹壮实的骆驼，带着足够的水和干粮，跟随斯文前去搭救队友。

斯文身体虽然虚弱，但救人的念头支撑着他，心里像着了火一样焦急，催促骆驼沿着来路寻找豹子。他的头脑很清醒，豹子应该就在他倒下不远的地方，他身体是那样的健壮，他一定能挺过来，美丽活泼的姑娘苗苗还在等着他，他一定不会有事。

凭着超强的记忆力，他和大耳朵没有走弯路，不到两个时辰就发现了躺在沙漠上的豹子，斯文的上衣盖在豹子的脸上，他甚至连姿势都没变。

"伙计，你还好吧?"斯文跳下骆驼，以惊人的爆发力冲上前，双手抱住豹子的头，轻轻地放在自己的膝盖上，不住地呼唤他："伙计，你能听到我的话吗?"

豹子的手轻微地抖了抖，嘴唇明显的嚅动着，似乎想努力回应斯文。斯文心里一阵狂跳："伙计，好样的，你果然没事!"

大耳朵拧开水壶，清清的水滴进豹子干渴的口中。良久，喝了水的豹子苏醒过来，他睁开眼，首先看到了湛蓝的天空，又看到了抱着他的斯文，"先生，我们不是在做梦吧?"

"是真的，我们遇到了救星，盼来了商队，我们得救了!"斯文从未像现在这么激动，看到队友死里逃生，他激动的心情无以复加，原本沉稳和缓的斯文不觉间语速加快，表达着经历了一场生死考验、死而复生的复杂心情。

豹子喝了水，缓了一阵，吃了点带来的米汤，神智完全清醒了，问道："大块头他们呢？"

斯文焦虑的眼神传递给队友仍在危急中的讯息。

"赶快去救他们。"身体强健的豹子被救人的强烈意愿所驱使，在大耳朵的搀扶下竟然摇摇晃晃地站了起来。斯文本来想让豹子在此歇息，自己和大耳朵去寻找队友，再回此会合，但看到豹子急切的举动，他嘴唇动了动，什么也没说。

以豹子的性格，他是不会放下队友在此安然等候的。大耳朵把豹子扶上了骆驼，三个人在斯文的带领下在大漠上前行。

突然，斯文在空旷沉寂的大漠中听到了一种他所深深迷恋、熟悉的声音，那是大漠的歌谣——驼铃声。斯文的耳朵灵敏得出奇，对沙漠上的驼铃声有一种异乎寻常的感应。

他在骆驼上放眼四处张望，取出望远镜向远处观察，果然，他看到前方的沙漠中有三只骆驼的身影，驼背上还载着他们的行李和食物。其中有那只脑门前有着明显标记的骆驼——花斑。

"花斑！"斯文的心一阵狂跳，这匹忠实的沙漠之舟不知经历了怎样的磨难，在沙漠中苦苦跋涉，寻找自己的主人。

斯文三人呼喊着，骑着骆驼以最快的速度迎上去。花斑和另外两匹骆驼也看到了他们的主人，扬起四蹄，奔了过来。

斯文抚摸着花斑的脖子，它那长长的棕毛落满沙尘而不再柔顺、光滑，见到了斯文，充满灵气的眼中竟然有些湿润。这些不会说话的小伙伴是多么让他感动啊！

　　让豹子没有想到的是，花花——苗苗托付给他的那只机敏过人、干练机警的小狗，也跟着花斑躲过了一劫。它没有被吓人的大风暴卷走，也没有盲目四处奔窜，而是紧紧追随着花斑，终于和主人会合。豹子抱着它，心中有千言万语，但却什么也说不出来，只是紧紧地抱着它，把自己的头和花花的头紧紧地贴在一起。

　　找到了骆驼和它们驮着的旅队的食物、装备，斯文和豹子信心大增，他们马不停蹄，朝着下一个目标，大块头他们迷失的方向赶去……

　　那场突来的大风暴，让大块头、枪王和长腿这三个兄弟遭遇了人生最大的创伤。看着斯文和豹子挣扎着离开前去求水，三个人意识清醒，可双腿和四肢乏力，再也没有力气站起来，他们的心里充满了悲观和绝望，这样的天气，别说两个身体虚弱、已到了生命极限的人，就是身强力壮的棒小伙，在这样的恶劣环境中，在断水七天七夜、想尽一切办法求水而徒劳的消耗中，他们也是不可能支撑太久的。

　　“看来，我们是没救了。”大块头望着躺在身旁的枪王，无力地说。此刻，他真是有了刻骨铭心的教训，他真不该自作聪明，在有泉水的地方没有给骆驼上的水囊加满水，导致全队遭遇灭顶之灾。

　　“这大漠，人迹罕至，鸟都不拉屎。”枪王还抱着自己的枪，他多么怀念那段在神泉休整两日、和野鸡为邻友好相处的日子啊。

"人的双腿再长，跑得再快，在大沙漠中也派不上用场，"长腿望着天空，从胸腔中发出长叹。

严重的干渴使他们不得不闭上了嘴，其实他们已经无力再说话了。但他们不能闭上眼睛，在体内元气即将消失殆尽、奄奄一息之际，如果闭上眼睛沉睡，那可能就再也不会睁开了，他们只能在另一个世界继续做兄弟。

水，水！干旱的沙漠中才能体会水对于生命是多么珍贵。即使眼皮沉重、上下打架，他们都不敢入睡，他们在脑海中想象着在神泉畅饮、洗澡的情景，那是多么的快意啊。

别说水，大漠上连一片干枯的草，一切有生命迹象的动植物——除了三个即将失去生命迹象的难兄难弟——平日里在方圆数十里威名远扬的骑士，一切都是死沉沉的，这场景像大山一样压在他们的身上，压得他们喘不过气来，行将就木，饮恨沙漠。

枪王游移迷离的目光突然看到身边和人一样精疲力竭的那只骆驼，它已经耗尽了最后的力量，闭上了眼睛，只有双腿还在一抽一搐。他哆嗦着双手举起枪，扣动了扳机。

在击中骆驼的一瞬间，枪王惊讶地看到，那匹倒卧的骆驼突然睁开了眼睛，目光混浊，留恋地最后看了一眼它一生奔波的沙漠，脖子上的铜铃似乎还发出了轻微的一声叮咚声……

　　枪王闭上了眼睛，他的枪口下不知有多少凶猛的野兽倒在血泊中，可是，濒临死亡的人看到动物临死前最后的目光，心里还是一紧，压抑、疼痛交织在一起。

　　血从骆驼中弹部位汩汩流出，三个人显然都听到了枪声，都明白枪王的意图。他们费尽力气爬过去，用嘴去舔那很快就干巴黏稠的血液……

　　当斯文和豹子三人终于找到大块头他们时，他们横七竖八躺在流尽最后一滴血的骆驼身旁，脸上、嘴角还残留着凝结的血痕。

## 2

　　斯文和探险队在古道热肠的商队的帮助下，走出了大漠，道旁有高大的树木，远处河水流动，满眼有了绿意。跟随商队再往前行，零星看到一些村庄，炊烟袅袅，经历过大漠生死的人，对这浓浓的人间气息，倍感亲切。

　　黄昏，他们来到了南疆重镇喀什，看到了城市闪亮的灯火。商队要到集市上贩卖货物，开始新一轮的奔波，斯文的旅行团队要到城中休养。在分手时，斯文要给商队头领报酬，头领坚决不收。斯文被中国商人的侠义心肠所感动，送给头领一副望远镜，一个罗盘。

　　"这个，送你的。"斯文特意送给大耳朵一件国王赠送的波斯战刀。刀刃锋利，刀鞘上有雕刻精细的花纹，十分漂亮。大耳朵接过这把刀，左摸摸，右看看，爱不释手。

探险队和头领、大耳朵及商队依依惜别。

斯文租了一处很大的院落，房屋很干净，队员们经过一段时间的沙漠历险，此刻，躺在温暖、舒适、铺着厚厚棉垫的大床上，喝着香气四溢的奶茶，吃着外焦里嫩的烤牛羊肉，仿佛从地狱回到了天堂，心情像阳光一样灿烂。

"活着真好。"大块头舒舒服服地靠在厚实的棉被上，深深地吸了一口烟，有滋有味地咂巴着嘴。

"要总是过这样的日子就好了。"枪王想起沙漠历险的情景，还有些后怕。

"胆小鬼，要打退堂鼓了?"长腿用带点讥讽的口气说。

"哎，你别说，在沙漠中陷入绝境时，心里暗暗发誓，若能活着走出沙漠，这辈子再也不去探什么险，"枪王吸了一口烟，鼓着嘴，喷出一个又一个连续的烟圈，眼睛盯着那烟圈渐渐扩散、消失，"可这几日，心里想得更多的还是想和咱们的探险队多聚些时日，最好永不分离。"是啊，这时候让几个人罢手，心中肯定不甘。经历了严重的干渴，经过了可怕的沙漠大风暴，他们都是死过一回的人了，更知道生命的可贵，但也更懂得比生命更宝贵的是友情，是人的心灵。

沙漠中最后那点救命水，谁也不争不抢，宁肯渴死，也不偷着多喝一口。

斯文一到宿营地，就忙活起来，白天外出拜会城里的最高长官和有威望的知名人士，参加各种宴会和学术交流，短短的时间，他在这个城市积攒了广泛的人脉，三教九流的朋友都有。城中最有名的老中医、烹饪大师都被他请来。名医给队友们把脉诊治，开出药方，几个人服用后，疗效神奇；烹饪大师一展身手，加之膳食营养丰富，几个队员又都是精壮的小伙子了，体力恢复得很快。

斯文受过专业的探险训练，有过硬的身体素质和心理素质。到了这个城市，善于交际的特长使他如鱼得水，白天请他做学术交流、报告的，请他赴宴的单位和个人越来越频繁，他简直有些招架不住。但他是个精力旺盛的人，尽量满足对方的请求。到晚上，他在自己的屋子里，挑灯夜战，赶写这段时间的探险体会和见闻，整理材料，忙到很晚。半夜里，豹子他们醒来小解，看到他窗户的灯光总是亮着。他们忍不住好奇，蹑手蹑脚地站在窗户外倾听，什么声音也没有，用手指蘸着口水轻轻捅破窗户纸，看到斯文伏在桌上，就着一盏小油灯，不停地写啊写。

"真是一个不知疲倦的人。"豹子等人在心里暗暗惊叹。

有时，斯文在临时租住地吃饭，和房东聊得火热。房东是个上了年纪、在当地有声望的人，从当地习俗、方言俚语，到天文地理概况以及神奇的传说，包罗万象，谈资广泛。而斯文像个忠实的听众，对什么都感兴趣。房东谈话的间隙，斯文偶尔提及一些当地人文地理知识、历史沿革，老者无所不知，讲得头头是道。

房东不经意间绘声绘色地说起沙漠古城的传说，一下子吸引了斯文的好奇心。"传说有座沙漠古城，原来经济繁荣、人口密集，有丰富的水资源，树木郁郁葱葱，人们生活得很幸福。因为当地人得罪了神灵，神灵震怒，发出诅咒，一时黑雨和狂沙将古城都淹没了。多少年来，每到古城消失的那一天，必将狂风怒号，沙尘蔽日，这是冤屈而死的人在地下的哭号……"

这样的说法，豹子他们在当地也听过，只是听听而已，并不相信。而斯文却刨根问底，问得很详细，那样子就像真的相信房东老者的话，这更激发了老者的谈兴。

"瞧，这些旧钱币、陶器、罐子，都是在刮大风时露出沙面，当地居民从上面捡到的沙漠古城遗物。"房东见豹子等人面露怀疑的神色，就取出自己保存的一些据说是从古城流落出的文物。斯文用放大镜细细观察研究，觉得大沙漠下很可能真的存在这么一座文化价值不可估量的古城。他曾经看过一本游记，里面记载着有关古城的历史。但由于缺乏佐证，一直没有定论。古城是否存在，遗址到底在哪里？它消失的真正原因是什么呢？他决心解开这些历史之谜，发掘古城遗址，把第一手资料披露给世人，那会在世界考古史上引起巨大的轰动。

经过一段时间的休整，豹子等人恢复了体力，连几匹骆驼也精气神儿十足，跃跃欲试。这次探险队物资准备的格外充分，食品、装备，尤其是八只盛水用的羊皮囊装得满满的，每匹骆驼上都装着沉甸甸的行李。斯文交际广泛，当地的官员、有名望的士绅和财大气粗的商人，都争相赠送他们途中需要的各种用品，一时他们租住的院子里堆得像山头一样，要全部带上，光是赠送的食品，再增加几匹骆驼也驮不完。

"你们这是开杂货铺，还是去旅行？"房东带着善意的嘲讽对斯文说。

"朋友热心相赠，其实带不了这么多行李。"斯文的话里既有为行李多成为负担的忧虑，又有对自己人脉广的得意。

房东两眼盯着那堆成山头一样的物品默不作声。

"如果你能用得着，尽管挑选一些去。"斯文见状，豪爽地说。

"我是说，"房东望着斯文，一脸的真诚："探险途中携带这些多余的行李，反而成为累赘，不如把多余的东西交给小店，我替你兑换成金币，路上既安全又省事。"

斯文一听，高兴地跳了起来，其实，这正是他的心里话，只是不便直接提出来。

探险队重新上路，感觉和第一次上路时大不一样。想想刚告别家乡随斯文踏上行程时，他们的心情和外出旅游看热闹差不多。行李少得可怜，枪王想凭着自己一杆老枪，走哪打哪，还愁吃喝？大块头力大无穷，骑上骏马更是无人能敌，至于长腿，长途跋涉如履平地，来去如风，天下还能有难住他的事？

因而几乎都没有什么思想准备，没有随身的行李，衣服也只带了一套。还是斯文想得周到，衣服、被褥什么的都替他们想到了。一路上遇到的风霜雨雪、雷电风暴，给他们上了一课，让他们明白了探险的含义，它不是说着玩儿的，而是真刀真枪，需要过五关斩六将、提着脑袋的冒险行动。

这次出发前，他们像大战前的实战准备，皮袄、皮裤、皮帽，子弹、手电，挖井取水用的小铁桶、盛水的羊皮囊，挖掘用的铁锹、铲子，以及活羊、活鸡和新鲜的馕饼，还有面粉、干面条、菜干，帐篷、睡袋，骆驼的草料，一应物品，反复检查，生怕有一丝纰漏。斯文亲自查验了一遍，很满意，看来，经过上一次的沙漠历险，队员们真正成熟了。

这时天气变冷，即使大中午在沙漠上行走，也不再感到炎热。照例是豹子拿着指南针头前引路，斯文坐在骆驼上饶有兴趣地观察沙漠风情。现在这支探险队经过实战的考验，每个人分工明确，忙而不乱。

浩瀚的沙漠风景都一样，日出日落，月圆月缺，今天看到的好像是昨天的重复。但是探险队的成员都不再像初次踏上大漠时那样感到枯燥乏味，而是各有所得。远远地，他们听到顺着风声飘进他们耳中的驼铃，虽然多次听到，但他们百听不厌，引颈远望，果然看到一支驼队缓缓而来。

他们像遇到久违的朋友，热情地打着招呼。"需要用水吗，伙计？"大块头看到一个头领模样的人从骆驼上下来，眉目中似乎挂着淡淡的焦虑与忧郁，以为是遇上了缺水的难处，就连忙递上一壶水。

头领勉强笑笑，望着大块头，迟疑地问："你们这儿有医生吗?"他说这话时，连自己都感到底气不足，穿行在大漠中的商队，哪里会有医生?

果然，大块头听后，摇摇头，手中拿着水壶，一时怔住了。

斯文从骆驼上下来，从头领的表情上，他看出对方遇到了什么难题："有什么需要帮助的吗?"

头领说，他的一个伙计夜里受凉感冒了好几日，高烧不退，上吐下泻，人已经虚脱了。

斯文近前一看，病人双眼紧闭，昏迷不醒，脸部偶尔抽搐，不停地说着胡话。斯文迅速从药箱里拿出一个小药瓶，倒出三粒退烧的药片，吩咐头领给病人服下。

头领将信将疑，此时也没有其他的办法，只好死马当成活马医，试试看。

斯文知道，这种西洋产的药片对于常年奔走在大漠上的商队的人来说，还是一个稀罕物，而他对此药的疗效显然胸有成竹。他给头领递了烟，两人点着，他很轻松地询问头领从哪里来，带的什么货物，商队一行在大漠奔波需要多长时间，头领一边心烦意乱地吸着斯文递的烟，一边出于礼貌简洁地回答着斯文的提问。

"醒过来了。"正说着，商队一个随从跑过来高兴地对头领说。头领过去一看，真是神了，刚才还人事不省、岌岌可危的病人现在已经醒来，喝了一些热水，面部也有了血色，并且能够说话了。

"神医，我该怎么答谢你呢?"头领望着斯文，像遇到了真神，内心佩服得五体投地，他指着自己的驼队和携带的行李说:"骆驼、马匹、粮食，随便挑。"

斯文笑着摆摆手:"朋友，不必客气，"他调皮地说了句常听枪王兄弟们说的客套话:"出门在外，都是一家人。"

头领吃惊地看着面前的小个子洋人，想不到他的中国话说得这么地道。

斯文给他留下了一瓶退烧药，叮嘱他按时给病人用药:"他会很快好起来的。"

"神医，"头领对斯文的话深信不疑，"谢谢神医。"

经过大漠上商人的口口相传，那些半途中有人头疼脑热的商队，就派人骑马专程追赶他们，求斯文诊断、开药，斯文出发时特意从瑞典采购了充足的药物，对这些常见病颇有疗效，常常是药到病除，斯文无意间拥有了"神医"的名号。

"神医——"斯文带着他的旅行团队正在大漠上行走，远处出现一匹快马，向他们飞奔而来。骑手边追赶边向他们呼喊。

大家以为又是遇到了紧急病号，停止了行进。骑手翻身下马，望着洋人斯文说:"一路上，我打探你的消息，刚才前一拨商队说你刚给他们中的一个人看过病，还送了药，我们头领一猜就是神医你，头领让我骑马追赶，务必将你的邮件交给你。"他取出一个大大的邮包："这是我们出发时，邮差托我们转交给你的信件。"

斯文接过邮包，大喜过望，望着气喘吁吁的骑手，对中国人的诚信感叹不已。

心情好，加上晴空万里，探险队员行走在大漠，看到的一切都有新意。"看，红柳!"大家随着长腿手指的方向，看到沙漠中孤零零地长着一株红柳，那绿色的枝叶在阳光的直射下分外显眼。

大家像遇到了久违的亲人，下了骆驼，围着红柳，用力地嗅着它淡淡的清香。斯文拿出画笔，铺开纸，快速为红柳画了一张速写。

傍晚，他们看到一处沙丘下有搭帐篷的痕迹，地上还有一些遗落的人畜吃剩的杂物，显然是以前商队在此宿营的地点。他们扎下帐篷，大块头首先寻找水源，经过一次刻骨铭心的教训，大块头对沙漠水源有了极大的甄别力，哪儿有水源，在哪儿掘井，大块头的判断基本八九不离十，总不会让大家失望。

一轮圆月在天空悬挂，把空旷沉寂的大漠之夜点亮。平素每逢这个时辰，队员会围着斯文有说有笑，听他讲各处历险的传闻，说起做家教的美好时光，大家会为桑恩的调皮、恶搞而捧腹大笑；说起和波斯国王的奇遇，大家会啧啧称奇；说起和吉伦、恰娃的相识相交，以及后来登山时的生死交情，大家脸上露出肃穆庄重之情，都不禁会回想起大风暴中差点向阎王爷报到的惊心动魄的一幕……

而今天，风清月明，斯文却没有了诗意和兴致，匆匆吃点食物，一头钻进帐篷里，对着一盏油灯，迫不及待地打开邮包，那是父母写的一封封长长的家书，信中除了对他取得成就的欣慰，还对他探险途中的艰辛深表忧虑，字里行间充溢着人间大爱。性情一贯平稳的斯文看着家书，回想离家这些日子所经历的风风雨雨，激动地在帐篷里来回踱步，以此平伏内心的波澜。信中还有弟弟妹妹的附言，小妹稚嫩的语气，歪歪扭扭的文字，引发他无穷的联想。他把随信寄来的全家合影照看了又看，仿佛闻到家的气息。在浩瀚的沙漠探险，犹如与世隔绝，跨越千山万水，从另一个国度传递的家书是多么珍贵啊。

还有让他更高兴的事，吉伦和恰娃的信也同时抵达。他们在信中汇报了近况，他们准备近期结婚，并邀请斯文参加他们的婚礼。斯文推算了一下时间，吉伦和恰娃的新婚日期正好是今天。帐篷外，皓月当空，月儿正圆。斯文闭上眼，思念着远方的朋友，默默为他们送上祝福，"亲爱的朋友，我不能参加你们的婚礼了……"

他铺开纸，开始给吉伦和恰娃写长长的回信。在静静的月夜里，他把对远方朋友的思念和祝福，把对探险事业的热爱一同寄托在不尽的文字里。写罢，已是深夜，帐篷里寒意彻骨，即使穿着厚厚的羊皮大衣，仍感到手脚麻木，他喝了几口烧酒，驱除寒意。掩卷深思，意犹未尽，他取出笛子，吹奏着一曲曲思乡、怀友的曲子。

几个队友睡在帐篷里，穿着严实的皮袄、皮裤，戴着厚实的皮帽，盖着厚厚的毛毯，仍挡不住寒气的侵蚀。

"你听，笛声。"长腿睡不着，轻轻地对身旁的枪王说。

"头儿今天有点反常。"枪王同样没有睡着，"深夜吹奏这种低沉的曲调，八成是想家了。"

"对，头儿也是人，人离家久了哪有不想家的，他肯定是看了家书引起乡思的。"长腿外表粗犷，内心却十分细腻。

"豹子，你不想你的苗苗吗？"枪王捅捅身旁的豹子说。

豹子静静地躺着，不作声，但枪王知道，他没有睡着。

只有大块头呼呼入睡，发出甜美的鼾声。

"我说，"一向不苟言辞的豹子突然开了口："头儿反常，是身体发出某种兴奋的信号，我们可能要接近那座神秘的古城了。"

"真的？"枪王一下子爬起来，把脸逼近豹子，帐篷正中央的火盆，里面的火光映照出枪王闪闪的双眸。

## 3

清晨，探险队队员起了个大早，备好骆驼，利索地收好帐篷，行李均匀地放在各个骆驼背上，一个个显得格外精神。

　　斯文没有表露什么，但他也为队员的干练感到欣慰、喜悦。

　　新的一天的沙漠之旅开始了。一望无垠、毫无遮挡的辽阔大漠的远处与东方天际的交汇处泛起了白光，接着，涌动着一团火一样燃烧的红霞，万道霞光为大漠披上盛装，迎接日出的时刻。骆驼迈着匀称的步子行进，脖子上的驼铃发出悠扬的回响。斯文仔细地观察着周围的地形，用天文测量仪判断方位，终于看到了茫茫沙漠中掩盖下的若隐若现的古城废墟。

　　望着脚下这个历尽千辛万苦终于到达的古城，大块头和枪王交换了一下眼神，不禁大失所望。空空荡荡、起伏不平的沙漠上，没有什么让人们眼睛一亮的东西，既没有珍宝，又没有黄金。

　　而斯文如获至宝。那若隐若现的城镇的轮廓，几乎淹没在黄沙中的房屋、庙宇、柱子的残垣断壁，记载着岁月的痕迹，无声地见证着这座古城从繁荣到消失的沧桑巨变。

　　他小心翼翼地用铲子挖掘，发现了许多用石膏做的佛像，形态各异，栩栩如生。还有大量的陶器以及珍贵文献。出土的一些文物有的已经破碎，残缺不全，但精心地拼合在一起，仍可看出原来的全貌。从残缺的墙壁看，古城的建筑多种多样，有的是土坯墙面，有的用砖头砌成，还有的用麦秸拌着稀泥而成。墙壁上绘着各种壁画，虽然年代久远，但画工技法精湛。斯文惊奇地发现，古城中还有一处局部完整、规模宏大的私人花园的遗址，花园内有河流，石头堆砌的假山和小型的亭台楼阁，道路两侧种着各种树木、花草，颇有曲径通幽之意境。斯文认真详细地把古城的整体面貌、布局，城市主要道路、建筑、河流、树木等等绘制成图。

通过仔细分析研究，斯文推算，这座古城历史悠久，鼎盛时期繁荣富裕，人口密集，环境优美，树木丛生，百草丰茂，是一座位于丝绸之路上的重要交通枢纽。城市之所以消失，是风沙的侵袭，尤其是大风暴把遥远的黄沙吹过来，经过漫长的岁月演变，昔日的繁华古镇化作了今天的废墟。

斯文发现的古城是"塔克拉玛干城"遗址，城池始建于汉代。按照沙丘移动的速度，这座古城最少是两千年前的城市。

"这在当时，是多么了不起的城市啊。"斯文对自己的发现兴奋不已。

斯文一行带着重大发现，依依不舍离开古城，沿着克里雅河前行。时值初冬，寒风凌厉而强劲，吹打在脸上像鞭子抽打一样难受。而斯文心情兴奋，不觉得冷，一贯平静不露声色的表情，现在也控制不住地绽放着笑意。他坐在骆驼上，不知是兴奋还是寒风吹打的缘故，脸红通通的。他甚至顶着寒风解开了上衣的扣子，让强劲的风直吹胸膛。

"伙计们，加把劲儿，"看到一向注重衣着的斯文开心的模样，大块头也来了劲头，催促骆驼前行。

斯文回头望了一眼大块头，虽然没说话，但眼神里分明是赞赏。

河面结冰了，厚厚的很结实，河两旁有高高的胡杨树，树上盘旋着飞鸟，干草丛中不时传出野猪、野驴、胡狼沉闷的吼声，偶尔也看到兔子和松鼠快速闪过的灵活的身影。这里虽然人迹罕至，而在克里雅河滋润下，生长着大片的原生态的森林，水草茂密，动物繁多。真想不到，浩瀚无涯的沙漠中还有这样的地方，在这片地广人稀的神奇土地上，到底还有多少人类没有发现的奇观啊。斯文在骆驼上专注考察河流水况、河岸植被的变化，对大漠奇特的生态景观不禁生发出了诸多感慨……

"砰"的一声枪响，打破了荒漠上的沉寂。枪王第一个看到，一个戴着黑色皮帽的老猎人看着一头野猪负痛倒下，挣扎有顷，血把地上的杂草染红了一片。直到野猪彻底不动了，失去对人发起攻击的能力后，才走上前去查看。

这显然是一个有经验的老猎手。在大漠上行走了几日，总算遇到了人类。斯文十分高兴，上前和老人搭话："老人家，今年高寿?"

老猎手对突然出现的一队人马并不惧怕，也不觉得突然。只是有条不紊地收拾着地上的猎物。面对斯文的问话，他摇摇头。他也不知道自己今年多大年纪了。

再问，他甚至不知道今年是何年何月，谁是目前最高的当政者。他一生为猎，深居这片荒凉偏远的大漠深处，很少和人语言沟通，与世隔绝一般。

"好枪法。"枪王看到老猎手一枪正中野猪的脖子要害处，赞不绝口。

"比这更凶猛的动物，老虎、豹子，我也打过。"老猎手语气含混，但听到有人夸奖自己的枪法，花白的胡须和眉毛都在笑。

"这里有老虎和豹子吗？"斯文顺着话题问。

老人摇摇头，目光中的火星渐渐熄灭了："以前有，近两年不见老虎的踪影了。"

大块头帮着老人把野猪背回了他的居住地——一处简陋的地窝子，墙上挂着许多风干的肉和鱼，屋角处放着一个储存烧酒的大酒缸，揭开简易的旧木板盖子，浓郁的酒香扑鼻而来。

"嗷！"枪王高兴地一声大叫，馋得口水都要流出来了。

斯文到底善交际，送给老猎人一支新式步枪，一百发子弹，老人把枪掂起来，试了试，十分喜欢。

"这条河有多长？"看老人高兴，斯文打开了话题。

"长得很，没有尽头。"老人说，夏天冰雪消融，河里有成群的各种各样的鱼，不用撒网，徒手就可以捉到。

"你捉到过多大的鱼啊？"斯文问。

"老大了，有几十斤。"老人伸出两手，比画着鱼的长度。

老人无意间告诉斯文，他曾经发现不远处的沙漠中有一座古城，不知哪朝哪代遗留下来的。

斯文两眼闪光，当即决定去古城考察。

在斯文和老人攀谈得开心的时候，长腿和枪王几个队员手脚麻利地卸下了骆驼背上的行李，让骆驼尽情享用河畔茂密的干草。他们已架起了火，炖上新鲜的野猪肉，配上干菜，一锅香气扑鼻的野味大餐摆上了用行李箱临时拼成的饭桌上。

他们和老猎人频频举着碗碰杯，老人很开心，脸上沟壑纵横的皱纹都舒展开来。他答应做他们的向导，带他去看古城。

这是探险队出征以来吃得最尽兴的一顿晚餐，斯文和队员都开怀畅饮。当晚，就在老人的地窝子旁搭起帐篷宿营。

老猎手带着探险队一行，经过两天多的奔波，找到了那座古城。规模虽然没有斯文他们新发现的塔克拉玛干古城宏大，影响深远，但斯文也从中发掘到一些珍贵的文物，对古城的准确位置、建筑特点以及年代做了深入的研究考察，收获颇丰。

更加意外的惊喜是，在老猎手的带领下，他们穿过漫漫芦苇和丛林，找到了克里雅河的真正源头。斯文的这一考察，使地图上该河流域延长了上百公里。

# 第十章

~~~

# 征程漫漫

## 1

　　探险队再次挺进沙漠腹地，举目黄沙，狂风携带着沙尘铺天盖地，迎头刮来，行走十分困难。大漠天气说翻脸就翻脸，比翻书还快，一日之内，春秋寒暑任意切换，对于初次历险的人来说，无疑是下马威。

　　队员们早已有了充分的准备，这种恶劣天气对他们来说是小菜一碟。他们全身披挂、皮袄、皮裤、皮帽、面罩，连仅露出的眼睛也戴上了墨镜。"老天作威，其奈我何?"大块头看看骆驼背上满载的食品，尤其是几个羊皮囊都鼓鼓的，再也不用为缺水而担忧，心里就有了底气，他迎着风大声吼出了声。大漠上的狂风淹没了他的声音，但斯文看出来，大伙经过了考验，面对沙暴不再惊慌失措，抱怨老天，而是任凭风浪起，胜似闲庭信步。

风声一阵紧似一阵，黄沙漫天，似要把天地间的一切掀翻。斯文和队员们在一处沙丘后停住，身体紧贴沙丘，手抱头部，骆驼在四周围成一个圈，阻挡风沙，减轻对人的冲击力。

不知过了多久，风渐渐减弱了。大块头抖抖头上、身上的沙尘，面对有气无力、强弩之末的风势，用手指打了一个响亮的榧子，仿佛在说："没什么了不起的!"

"什么东西?"枪王突然一声惊叫，手指着远处的风沙中一团模糊的影子。

大家的眼睛朝枪王手指的方向望去。大漠的风沙来得快，去得也疾。果然，在渐渐消失的弥天沙尘中，那团黑影越来越清晰。

枪王拿着猎枪，猫腰机灵地向它靠近。斯文想要阻止，已经来不及了，就跟了上去。

现在，大家的目光所及，看得清清楚楚，那团黑影竟然是一只落单的野骆驼。野骆驼似乎受了伤，或许是刚刚经历的大风暴让它感到迷茫，它看到了大漠中的人和同类——探险队的那几匹骆驼，显然有些兴奋。这只落单的野骆驼向探险队缓慢地走来。

它显然看到枪王拿着枪，有些迟疑地停下了脚步，头部下意识地往身后扫了扫，两只前蹄不停地移动着，似乎是感受到了危险，正犹豫着随时准备奋蹄逃离。

　　而枪王显然没有要伤害它的意思，放下手里的枪，做出友好的手势望着它。野骆驼的眼中流露出对同伴的留恋，但依然对人类保持着高度警惕。喜爱骆驼的斯文，内心被野骆驼此时的目光深深地震撼了，这是一种什么样的眼神啊，这对人类惊恐和亲善交织在一起的复杂的目光，深深地印刻在他心上，让他终生难忘！他快速打开画夹，把这一幕留住。

　　先是探险队的几匹骆驼向野骆驼走了过去，稍后，野骆驼也慢慢地迎了上来。它们相互用身体接触着，似在抖动彼此身上的沙尘，似在相互倾诉大风暴带来的艰辛。"噢，好了，这一切已经过去了。"它们相互安慰着。

　　大块头给野骆驼喂了水和草料，并用毛刷把它的卷曲、脏乱的棕毛理顺，野骆驼不安的眼神渐渐安静下来，变得柔顺和安然。

　　这匹野骆驼跟着探险队一同行进。路上，遇到成群的野骆驼在远处狂奔，转瞬即逝。野骆驼望着它们飞奔的身影，眼睛里闪过一丝亮光，似乎想起了以前野外生存的情景。但它似乎对目前的处境很是满意。没有跟着大部队离去，去过以前的日子。

　　是啊，它和探险队的人，和其它几匹骆驼已经建立了情感。

　　动物如此，人何尝不是这样呢。在中途休整时，临时宿营地有几株骆驼刺，叶子干巴巴的，但在几乎没有什么生命迹象的大漠，探险队员看到稀有的干草，犹如见到珍宝，两眼放光。长腿用干巴而结满厚实老茧的手抚摸着，然后折断干草的茎，放在嘴里轻轻地咀嚼，品尝那带点苦涩的草汁香味，仿佛它胜过人世间甘甜的马奶酒。

他们顺着有草的地方挖水，很快就找到了清洌甘甜的水。在大漠上，哪怕是一棵干枯的草，它们生长的地方，冥冥中都有神明的指引，给光顾大漠的生灵以庇护。

难怪斯文对这些看似寻常的植物有如此大的兴趣，又是写又是画的。

令人意想不到的是，那匹野骆驼无意中成了很好的向导。虽然和探险队驯养的同类骆驼一同奔走，而探险队给了它特殊的待遇，它身上没有挂鞍子，也没有让它驮行李，和负重的骆驼相比，仍保持着野性的神态。一路上，它总是走在前头，惦记着后面掉队的队员和负重的缓慢行走的骆驼，它不时性急地扭回头张望，有些不耐烦地站定，等待。斯文骑在骆驼上，写生、拍照，有条不紊地开展测量勘察工作，骆驼走得很平稳，用自己宽厚负重的背部为主人提供了一个很好的办公桌。

驼队跟随野骆驼，在沙漠腹地总能找到很好的宿营地，并且发现了一处绿洲。在沙漠中突然遇到绿洲，一排排的胡杨树，高大，枝叶茂密，大家心情兴奋莫名，人人眼中露出欣喜。他们呼吸着不同于大漠里搅和着沙尘的清爽空气，张开双臂，拥抱着一棵棵粗壮的树木："这家伙，真粗，要有几十年的树龄了吧？"大块头抱着一棵两手不能合围的胡杨树，兴奋地猜测树龄。

"不止，最少要有一百多年。"枪王目视高大的树冠，树梢处有一个很大的鸟窝，几只受到惊吓的鸟在盘旋、尖叫。

"对不起，我们只是临时宿营，不会干扰你们的生活。"长腿追着飞离的鸟跑了几步，徒劳地想把它们召唤回来。

在沙漠上行走时日已久，看惯了沙海，遇到绿色和会飞会叫的鸟儿，人的心不觉间变得柔软，几个原本心肠坚硬的小伙子这会儿倒变得多愁善感起来，对一切生灵抱着一种敬畏。他们解开骆驼上的行李，让它们自由自在地吃草。

"怎么样？我行吧！"那只野骆驼站在那里没动，用矜持的目光望着因这片绿洲而惊喜的队员，仿佛在炫耀自己的非凡能力，也好像在报答探险队对它的知遇之恩。

晚上，队员们架起了篝火，周围的干树枝很多，他们尽情地燃旺火堆，把夜空映照的通红。围在火堆旁，喝着烧酒，吃着食品，营地一片欢乐。

"罗布泊，离你越来越近了。"斯文在帐篷里写日记，凭他敏感的嗅觉，他觉得，离他心中的神秘之湖罗布泊真的不远了。读博士的时候，他听老师重点讲过这个处于大漠深处的湖泊，出发前，他曾经无数次面对地图联想罗布泊的真实情景。透过厚实严密的帐篷，他眼前似乎已看到被浩瀚的大沙漠包围下的一片汪洋，听到罗布泊的波涛，看到湖周围随风摇摆的水草，水里游动的鱼类，湖面上飞翔的鸟类，那是一个多么富有诗意的神奇的地方啊。

按照指南针的导航，探险队向着罗布泊的方向继续前进。沿途可以看到高大的树木、浓密的青草，成群的野生动物在奔跑，和大漠枯燥单调的景色形成巨大的反差。

他们迎着明媚的阳光，行进在孔雀河畔，这条河流一直注入罗布泊，两岸上草木旺盛，水鸟盘旋其间。

宽广的河面，潺潺的流水，在太阳下闪着粼粼的波光。顺着河流前进，路上泥泞不堪，骆驼的蹄子上沾满泥巴，像滚雪球一样，越滚越大，行走起来很费劲。

斯文目测着河流，考虑放弃骆驼，改用船行。他看到一处有船工聚集的码头，信步走了过去。几个看模样是专职摆渡的人把目光一齐盯向他，可能是他的白人面孔引起了人们的好奇，船工们用惊讶和期待的目光注视着他。

斯文看人的眼光很准，他从众人脸上神情的一瞥中，发现一个个头高挑、身板结实的小伙子是其中最有气场的一个。

"雇船吗?"小伙子迎着他的目光。

"是。"斯文用欣赏的目光注视着眼前这位壮实的小伙子："到罗布泊的路你熟悉吗?"

"你找对人了。"小伙子一拍胸脯："闭着眼也能把你们带到。"

斯文心里一阵惊喜，虽然小伙子爱说大话，可往往敢说大话的人有过硬的实力支撑。他们很快谈妥了价格，小伙子对斯文的豪爽很满意。看来，小伙子对这条河流的水况和线路特点了如指掌，他熟练地摆弄着木筏子，小船像飞一样顺流而下。河流在急转弯处变得狭窄，水流湍急，面对袭来的浪头，船工不慌不忙，灵活地摆动木桨，避开一个又一个浪头，小船顺着水势箭一般在水面上穿行。

行经一段水流湍急处，小船一阵阵剧烈的颠簸，船上的人抓紧船帮。船眼看着就要撞上河心的巨石，大块头等几个旱鸭子发出一声惊呼，脸上露出惊恐的神态。而船工却镇定自若，没有一丝慌乱。船工不时瞄一眼坐在船头的斯文，见他不动声色，在剧烈的颠簸中，甚至小船遇到急转弯简直要侧翻的时候，仍稳稳地坐在船上，两眼目不转睛地注视着前方，仿佛是个局外人，一点也不担心翻船或发生其他什么意外，心里不禁对这个小个子洋人的定力和气度产生敬佩之情。

现在，船行驶在一片平缓的开阔地，船工把船划得很稳当，斯文向他竖起大拇指："好技艺！"

"我在这条河上摆渡好多年了，"高个头船工年轻气盛，骨子里有一股争强好胜的血气，见斯文夸赞他撑船技术，十分开心："不是吹，你到十里八乡打听一下，谁不知道我船王的名号。我在这条河道以划船为生，风里来浪里去，十多年来从未失手。"

斯文打开地图，问："顺着这条河流，到罗布泊还要航行多长时间？"

听说他们一行要到罗布泊，年轻的船工一扬眉梢说："你们算是找对了人"，他说："我就是距离罗布泊最近的村子里的人，以前经常划船到湖里去捕鱼捉鸟。"

船工一边划着船，一边望着斯文："若是遇到了别的船工，仅凭技术好还进不去湖，那里面芦苇丛生，遮天蔽日，像个迷宫，不熟悉道路的船工，进到里面，七拐八拐的，晕头转向，连出来的道也寻不着。"

大家都感到年轻的船工有爱吹牛之嫌，却也并不揭穿。毕竟，眼见为实。

高个子小伙的话似乎不虚，当晚，他把船划到了离罗布泊最近的一个村庄，非常熟悉地为探险队一行找了住处，安排得妥妥当当，还准备了丰盛的晚宴，刚从湖里捕捞出的鲜鱼，以及野鸡、野鸭、鸟蛋，大家都吃得津津有味。

第二天一大早，一行人来到湖边。一眼望去，过人高的密集芦苇像一堵厚实的墙，挡住了人们的视线，河流分布成众多支流，交叉纵横，不熟悉地形的人，像进入迷宫，根本分不清方向。年轻的船工轻车熟路，划着小船载着斯文一行，顺着当地人入湖捕鱼时把芦苇压倒铺成的弯弯曲曲的水径缓缓前行。他们的行踪惊动了芦苇丛中栖息的鸟儿，它们叽叽喳喳地惊叫着飞起，仿佛连锁反应，周围成群的大雁和各种水鸟都一起扇动翅膀，扑棱棱地尖叫着飞动。这深深的芦苇丛中，真是鸟类的天堂。斯文不禁从心底赞叹。高个头船工变戏法似的，从芦苇中找到一窝鸟蛋，还带着余温。

经过漫漫水道的穿行，小船终于划出了深深的芦苇。斯文简直不敢相信自己的眼睛，一眼望不到边际的水面，碧波荡漾，湖面上有对对白色的天鹅在水中自由嬉戏，金色的阳光照耀着它们优雅的姿态，天空有成群的野鸟飞翔，有的调皮的鸟儿忽地低飞，灵巧的身子掠着水面，忽儿又尖叫着飞上高空。湖中有当地人驾着小船撒网打鱼，一网捞出水面，活蹦乱跳的网中之鱼不停地挣扎着，在狭小的网眼中徒劳地翻转着。站在船头，斯文有种穿越的感觉，在偌大的沙漠上，滴水难求，水贵如油，而在沙漠的包围中，竟有如此大的湖泊，水质清淡，鱼类丰富，世界是多么奇妙，沙漠中隐藏着多少神奇。

他们划行到渔船边，捕鱼的是一位老者，长长的银须一直飘到胸前，微风吹拂下轻轻飘动，脸上的皱纹显示出岁月的沧桑。斯文探头打量着刚捕上的鱼，有一条背上和肚皮都泛着金光的鲤鱼竟有十多斤重。老者展示性地把它抱起来，它的尾巴摆动着，眼睛似乎充满渴望地望着湖水。

"这鱼卖吗?"斯文的眼睛一直盯着这条金色的鲤鱼，那条鱼一直不停地摆动尾巴。老人望着斯文深蓝的眼睛，说："湖里生，湖里长，你若喜欢就送你了，不要钱。"

斯文上前接鱼的时候，一个不慎，脚下晃了一下，失手将鱼落入湖中。那条鱼获得新生，很快消失在湖水深处。

"先生和这条鱼有缘。"望着面对湖水怔怔出神的斯文，老者手捋胸前银色的胡须颔首微笑。"咔嚓"一声，斯文给老者拍了一张照片，并对高个头船工说："我上岸后冲洗出来，由你负责转给老人。"

"放心吧，一定转交。"高个头船工拍拍胸脯，既像是对斯文保证，又像是对老者表态。

斯文在风景优美的罗布泊流连忘返，画了许多素描，拍摄了大量照片，勘探了湖水的最深处的深度和水质以及野生鸟类的数据，根据自己所见所闻写出了翔实的考察报告。

## 2

斯文把目光锁定在神秘的青藏高原。

骆驼在平缓的山地上缓缓而行。斯文骑在骆驼上，望着远处连绵起伏的山峦，蓝天白云下，巍峨高耸的山尖似乎要刺破苍穹，气势宏伟，肃穆中透着庄严和神圣。站在它的脚下，一个人显得如此渺小微不足道，极目远眺，山顶上常年不化的积雪清晰可见。

路旁有牧民在河边放牧，成群的牛羊、笨重的黑牦牛散布在草地，像一幅油画，让斯文着迷。

面对心仪已久的昆仑山，斯文从心底发出感叹：巍巍昆仑名不虚传。他在骆驼背上不停地写生，拍摄，描绘线路图，采集动植物和岩石标本。

　　一路上经常看到野驴、野猪、牦牛在眼前掠过，尤其是藏羚羊奔跑的姿态很优美，一蹦一跳间，穿山涧越沟坎如履平地，尽显其轻盈和灵动，像舞蹈杂技表演一样。长腿忍不住追着一头藏羚羊跑了一段，虽说他腿长、爆发力强，但藏羚羊在自己的地盘上显得十分自信，总是很轻易地把飞毛腿甩下。在长腿要放弃追赶时，它又原地站定，用勾人魂魄的迷人双眼注视着他，仿佛在说："来呀来呀，来追我呀。"长腿不服输，脚下发力，可不待他靠近，藏羚羊便轻松地纵身一跃，箭一般地射出去，又把长腿甩得远远的。

　　"长腿，认输吧。"队员们看着有趣，开心地嘲讽长腿："你这个飞毛腿今天遇到对手了，以后就拜藏羚羊为师吧。"

　　长腿憋得脸红脖子粗，牛一样大口喘气。那只藏羚羊在一箭之外站定，望着长腿，那目光中没有捉弄，而是充满着友善，可爱极了。望着这只藏羚羊，长腿无奈地摇摇头："祖宗，今天我认栽了。"

　　还是枪王有办法，想出个鬼点子。他不和藏羚羊比赛，而是从骆驼背上拿出一棵大白菜，剥下外表的菜帮子，向藏羚羊晃动。那青白相间的绿色蔬菜在高原可是稀罕宝贝，别说动物，就是队员平素也很少享用。

　　那只机灵的藏羚羊只是远远看着，不为所动。

　　为了打消它的顾虑，枪王把手中的白菜塞进口中，带点夸张性地大口咀嚼着，一副很陶醉的模样。

枪王和藏羚羊的游戏，不但吸引了队员们惊奇观看，连许多野驴、野猪也在一旁观战。

枪王见藏羚羊一副不为所动的模样，就撕下几片白菜叶，朝藏羚羊扔过去，他头也不回地往回返。

那只藏羚羊终于没有抵挡住食物的诱惑，慢慢地靠近，先用鼻子嗅了嗅，一口一口很文明地咀嚼起来。

枪王用第三感官感受着藏羚羊此刻的心理，慢慢地转过头，扬起手中的大白菜。藏羚羊没有再保持那种矜持，一步一步地向他靠近，就着他的手慢慢地吃那棵白菜。

没想到，其他的动物此刻也顾不得君子形象了，一拥而上，争着抢枪王手中的白菜。无奈僧多粥少，那棵白菜大部分已进入藏羚羊的腹中，他们围着枪王不散，大有逼迫枪王交出剩余大白菜的意味。

枪王摊开双手，表示"没有了""无能为力"，但动物们并不放开他，那意思是，"谁让你招惹我们了。"

斯文望着这有趣的一幕，手中的画笔不停地沙沙舞动。

继续往大山上行进，天空中的阳光不知什么时候隐去了，换了另一副凶险面孔，阴云遮住了太阳，山谷间阴森森的，让人浑身打寒战。"这鬼天气，说翻脸就翻。"随着海拔的增高，空气逐渐稀薄，呼吸变得急促。大块头喘着粗气，使劲打了个喷嚏，嘴里嘟嘟囔囔诅咒着天气，突然一声炸雷在耳边响起，接着电闪雷鸣，乌云滚滚，铜钱般大的冰雹当头砸下来，人们在一览无余的空旷山谷中几乎没有躲避的地方，只有死死地用手抱住头。

老天像是存心和队员们开玩笑，或是考验大家的耐力，冰雹无情地当头砸下来，天空像一口倒扣的黑锅。队员心情压抑甚至绝望，几欲听天由命之际，老天突然露出了笑脸，太阳驱散了乌云，金光万道，山川澄澈，空气冷冽，地上的冰雹在渐渐融化。

"起来吧，别装死了。"长腿刚才受到了羚羊的捉弄，这会儿看到大块头仍蹲在地上双手抱头，缩成一团的熊样，忍不住用笨重的大皮靴踹了一下他的屁股。

大块头抬起头，看了一眼红通通的太阳，刺得他眼冒金星，几乎睁不开眼睛，严重的高原反应袭来，他头痛欲裂，只感到天旋地转，强打精神站起来，嘴里嘀咕着"真不是人待的地方"，垂头丧气的像蜗牛一样赶路，再也无心回味刚才观看长腿和羚羊赛跑的囧事。

斯文测量了一高度，此处已是海拔5000米以上可可西里千里无人区，眼前的大山什么植被也不长，裸露着褐色的土质和高低不平的坚硬岩石，四周沉寂，人迹罕至。他是欧洲第一个到此考察的探险家，前方既没有路，也没有现成的地图标识，他将填补地图上的空白。想到此，斯文心情激动，强忍着身体的不适，仔细观察，标注地图线路，描绘高原景观。不觉天色已晚，几名队员都有不同程度的高原反应，腿软耳鸣，脸色乌青，便吩咐大家就地宿营休息。

行李都被雨雪冰雹浸湿，粘在身上又冷又硬，一点也不挡寒。高原的夜气温很低，帐篷里又潮又冷，加上高原反应，太阳穴怦怦直跳，像刀剜一样难受。人人神情恍惚，一夜似睡非睡。

豹子回想起大漠上的日子，虽然艰辛，缺水干渴，帐篷里又闷又热，可队员一进帐篷，便倒头就睡，每个人都发出甜美的鼾声。尤其是大块头，那呼噜打得就像七月天空炸雷一样，悠长且带着节奏，忽儿高亢，忽儿低沉，几个人的酣声像一首交响乐，此起彼伏，穿越大漠，在静静的夜空中回荡。

那一觉睡得多么香甜。几乎每一个打呼噜的夜里，他都梦到苗苗，她用妩媚动人的目光注视着他，询问他"大漠探险一路好嘛？"

他兴奋地给她讲述大漠中经历的逸闻趣事，她用白皙的小手托着细嫩光滑的小脸，神情专注，生怕漏掉一个细节。她有时插嘴，对一些感兴趣的事刨根问底，仿佛怎么听也听不够。

"你要注意身体哦。"最后她总会关心地叮嘱他："一定要格外用心，照顾好先生哦！"

他紧紧拉着她的手，把那双柔软、温湿的手放在胸口，让它感受自己心脏部位传来有力的跳动。

"快起来，太阳照到屁股上了，还做你的白日梦。"有一次，正在他和苗苗难舍难分情浓之际，讨厌的大块头在他的身边一声如雷大吼，惊扰了他的梦境。他揉揉惺忪的眼睛，还在回味梦中的情景，长腿对他挤眉弄眼地做着鬼脸："苗苗，苗苗，好想你啊！"

他一下子醒过神来，见枪王几个正一脸坏笑地看着他，知道自己刚才梦中说的话让他们偷听到，心中藏得很深的秘密被队友窥破，一时脸上涨得绯红，爬起来作势要打长腿，几个人早已大笑着窜出帐篷……

而在这高海拔的可可西里无人区，讨厌的高原气候竟生生剥夺了他做梦的权力。

他听到身边的枪王也在翻来覆去烙饼子，知道他也睡不着，索性就爬起来，摸索掏出一瓶烧酒，"咕咚"来了一大口。

枪王也翻身起来，要过酒瓶，一仰脖子喝了一半，递给长腿，长腿接过酒瓶，狠狠地喝了一大口，帐篷里弥漫着浓浓的酒气。大块头高原反应最严重，四肢软绵，浑身乏力。他勉强要过酒瓶，来了一口，却剧烈地咳嗽着，一口酒喷出来，咳得连眼泪都流出来了。

望着强壮的大块头这个样子，几个人都默不作声，沉寂地喝酒。

在大漠上，枯燥的旅程中，队员最享受的事情就是夜晚在宿营地开怀畅饮，浓烈的酒精能消除他们一天的劳累，给他们带来一个好梦，这样第二天才能恢复体力，重又精神抖擞。

闲茶、闷酒、苦恼烟。他们喝着闷酒，抽着苦恼烟，心里渐渐滋生出"这苦恼的日子什么时候才到尽头"的烦忧。唐僧取经历尽千难万险，他们探险的苦旅遥遥无期。

他们虽然都是直性子的热血男儿，但唯独对探险之事没有一个人打退堂鼓。最多也只是心里动个念头，而自己又把这该死的意念扼杀在萌芽中。

他们不用看也知道，那个小个子洋人，此刻在自己的帐篷里，对着一盏油灯，正奋笔疾书，写那永远也写不完的日记，永远没有尽头的考察报告。

斯文的执着、坚韧、顽强、忍耐，超强的意志力和执行力，为队员立起了一个标杆。

男子汉大丈夫，一言九鼎，岂有中途溜号之理？

说来也怪，酒精像一剂催眠曲，竟让几个有严重高原反应的队员睡眼蒙眬，眼皮渐渐沉重，困意袭来，昏昏沉沉入睡了。

高原气候反常，但风景优美，常常给斯文以惊喜。穿越漫漫的可可西里无人区，他的眼前展现出一个规模宏大的原始湖泊，湖水蔚蓝，清澈碧透，连绵不断，一眼望不到边际，在高原炽烈的阳光下像一面镜子铺展在高山之巅。

造物主多么神奇，不是亲眼所见，谁会相信在千里无人区，在高高的山巅会展现这种奇特的人文地理奇观。

在西藏高原，斯文勘察了昆仑山、唐古拉山，描述了冈底斯山的地质特征，调查了雅鲁藏布江和印度河的源头，测量了高原上星罗棋布的湖泊，对中国地理学的研究做出了很大的贡献。

# 3

山高路险，缺氧奇寒，连负重的骆驼和牦牛都中途减员，探险队一行人历经艰险，穿过茫茫无人区，马不停蹄，奔波在柴达木盆地的泥泞沼泽地。

道路崎岖难行，但地势平坦，氧气充足，沿途湖光山色，蓝天丽日，高大的树木，青青的草地，成群的飞鸟在空中飞翔，景色奇佳。牧民悠闲地放着牛羊，一顶顶白色的毡房飘荡着马奶的醇香。万物充满生机，队员们又回到了熟悉的尘世烟火中，情绪逐渐高涨。

大块头向当地居民采购了大量的牛羊肉和食品，手中有粮，肚里不慌，他望着正注视雁阵的斯文，又以惯常大大咧咧的口吻说："头儿，下一站咱们去哪儿？"

"青海湖。"斯文目光追逐着大雁飞去的方向，尽管已看不到雁队的影子，他的目光仍然没有收回来。青海湖是他心中的一个神话，他要亲眼看到它秀美的风姿。

"好咧，"摆脱了要命的高原反应，经历了几回生死关头的考验，到哪儿去大块头都不畏惧了，"不愁吃喝，火山敢闯，龙潭敢跳。"

"当心说大话闪了舌头。"枪王朝他眨眨眼，"虽然远离了无人区的高海拔去处，听牧民说这一带有持枪的强盗，常常趁机袭击商队。"

"少拿大话恐吓人，"大块头不屑地回击，"朗朗乾坤，太平世界，哪有什么强盗?"

"显摆呗!"长腿目光盯着枪王肩上擦得油光锃亮的长筒猎枪，用不无嘲弄的语气说:"枪王这些日子没有派上大用场，技痒难忍啊。"

遇到三人打口水仗，豹子总是置身局外，面无表情地保持中立。

斯文虽然没有搭话，显然也在留意听，心里思考着对策。这些天，他和牧民的交流中，也听到了有关强盗出没的传说。

"大家佩戴好武器，做好自卫准备。"他的话音不高，却有一种不容置疑的权威。

豹子打开弹药箱，给每人发放枪支弹药。斯文腰里别着一把勃朗宁牌手枪，熟练地压上子弹。

一行人虽然说着话，表面很轻松，但心里已然有了警惕，不觉间气氛紧张起来。

驼队缓慢行进，穿过一片沼泽地，在一处山谷转弯处，前面突然传来清脆的枪声，接着马蹄声声，尘烟在空中飞扬。马匹受了惊吓，嘶鸣着四散开来。

"不要慌，保护马匹行李!"斯文拔出手枪，沉着地指挥旅队向山坡上聚拢，依托这个高地，居高临下，进可攻，退可守。

初次遇见强盗，队员有些慌乱，见斯文镇定自若，渐渐缓过神来，按照斯文指挥，驱赶骆驼和马匹，往山坡上奔去。

十余名蒙脸的骑马大汉一边放枪，一边挥舞着手臂，威胁他们只要交出银圆和物品，可免他们一死。

斯文不为所动，泰然自若地点起一支烟，悠然地抽着。一个打头的强盗见此情景，骂了一声，指挥手下往山坡冲去。斯文目视枪王，枪王会意，"砰"的一枪，正中那头目头上的黑色毡帽，帽顶被打穿一个洞。

头目只听耳边子弹"嗖"的一声飞过，吓得一头栽下马背。半晌，摸摸脑袋，望着帽子上穿透的那个圆洞，惊魂未定。再看看仍吸着烟若无其事的小个子洋人，以及他身边几个手持清一色新式步枪的后生，而那个唯一手持猎枪的刀条脸正把准星对准他。强盗头领知道遇上了对手，连忙一挥手："撤！"

十几个彪形大汉掉转马头，风一样驰去，卷起滚滚尘土。

斯文向枪王竖起大拇指，心里不由得赞叹："多么好的团队，几名中国队员人人身怀绝技，自己的探险之旅能成行，有他们一份功劳。"

探险队故意大摇大摆，沿着大路行进。斯文一路走，一路不停地做着测量和考察。路上遇到一支规模宏大的上百人的商队，前后望不到头的骆驼和马匹，上面满载着货物。

"你们路上没有遇到强盗吗？"见他们一行几人走过，这群商队的人不觉有些惊讶，一个商人上前搭话。

"刚刚遇上，被我们打跑了。"大块头得意扬扬地炫耀着，仿佛那一枪是自己射出的。

"被你们几个人打跑了？"商人倒吸了一口冷气，有点不相信似的望着面前这个似乎爱吹牛的大块头，最后把目光锁定在白面孔蓝眼睛的小个子洋人身上。斯文虽然没说话，但明眼人都看得出来，他是这个旅队的核心，真正的主心骨。

斯文腰间佩戴着一把锃亮的手枪，吸着洋烟卷，平静的脸上露着笑意，算是回答了商人的疑问。

"哎呀，真是这样啊。"商人发出一声惊呼，"传说中的强盗都是杀人不眨眼的魔王，一个个枪法出众，不交出货物就杀人。"商人向斯文介绍，许多零星商队都向大商队交保护费，加入他们的行列，大白天一起赶路。每天起程前，都要烧香拜佛，不要遇上该死的强盗。

斯文带着队员，按照既定路线，走走停停，夜里仍像往常一样扎下帐篷，点起篝火，开心地喝酒，吃着烤得焦黄的肉食。酒肉的香味在夜空中随风飘散。

"加强戒备，不可大意。"斯文表面看起来沉稳，内心却十分谨慎，叮嘱枪王和豹子，轮流做好值夜，在暗中注意观察周围的动静。斯文自己仍旧在帐篷里就着油灯，记录一天的见闻和感受。

当夜无事。白天受到重挫的强盗，见斯文的旅队人员少，骆驼背上驮着大量的行李，认定是一块肥肉，不想错过机会，本来想夜间伺机偷袭营地，一雪白日之辱。但在暗处窥探这支奇特的旅队，白天走大道，夜间宿营一如往常不加提防的样子，照旧又吃又喝。只是不见那个枪法出众的枪王和一脸冷峻、像豹子一样勇猛的黑脸小子。他们判断，这两个可怕的杀手，此刻正埋伏在暗影处，一支黑洞洞的枪口等着他们上钩。

强盗权衡利弊，终究没敢贸然出击，一直到了天亮，才悻悻而去。

探险队顺利到达青海湖，这里的一切仿佛让他们从蛮荒时代一下子进入文明世界。宽广的湖面烟波浩渺，湖面上渔船往来，十分热闹。水质清澈碧透，湖水可以直接饮用。湖面飞翔着水鸭子，还有成群的白天鹅，登高远眺，风景优美，气象万千。斯文心旷神怡，绘制了多幅素描。兴至所止，泛舟湖上，对此湖进行了全方位、深入详细的考察了解。随后几天，又赴著名的名刹古寺参观，研究其建筑特点、雕刻、壁画及历史，写下了大量文笔优美的游记。

# 第十一章

≋

# 一诺千金

## 1

春秋交替，光阴荏苒。斯文和他的探险队经历了数度寒暑春秋，经历了生死考验。

艰辛而卓有成效的探险为斯文带来了巨大的名声。在对高原进行考察中，他绘制了近2000张路线图以及大量冰川图、山系图、测高图等专门地图，编制出了中亚和西藏全图。收集了8000多个岩石标本以及古代文明的遗物，撰写了大量有影响的调查报告、游记，发表了《中亚细亚沙漠》《亚洲腹地探险》《外喜马拉雅》等专著，内容丰富，描述生动，科学性强，并附以大量的插图和照片，在国际探险界造成了轰动效应，获得了崇高的国际声望。

"我想，值得郑重说明的是，这些成果、发现，不只是我一个人的功劳，而是探险队全体成员——我的中国向导，豹子、枪王、长腿、大块头，共同努力的结晶……"斯文在帐篷里，在静静的夜里，一个人专心致志地写探索发现报告时，对自己不断取得的成果和引起的反响激动兴奋的同时，眼前不时会映现出几个中国向导的身影，他们质朴、憨厚、勇敢、坚韧，为了一个"义"字，用一股血性豪情，义无反顾随他踏上凶险未卜的旅程，历经苦难，终不言退，不离不弃。现在，他已经不能用金钱和实物来表达对他们的感谢，他只想把自己伟大的宏愿——探险之旅，所走的每一步，所取得的每项发现、创新，都和他的几个朋友的名字紧紧地联系在一起。

现在，探险队成为一支有实战经验、高度默契的高效团队。豹子手拿指南针按照斯文指定的目标前行，长腿负责打前站联络，采购食品和骆驼以及马匹、草料，枪王负责警戒，安全保卫，大块头照料马匹、补充所需用水、保管行李物品。斯文骑在骆驼上，专注地观察、了解旅程上的景物，进行写生、拍照，在骆驼背上办公。

斯文望着这支井然有序、按部就班的队伍，一股感谢、欣赏、快意袭上心头，他和他们走到一起，真是太幸运了。

又到了一年之中最美的初夏季节，新疆大漠中万物复苏，生机勃勃。野草含羞萌芽，在阳光下露出娇滴滴的模样；枯树爆出嫩黄的叶片，在微风中婆娑起舞；野花含苞待放，把淡淡的芳香播撒在空旷大漠和寂静的山谷；野鸟在树梢上扇动翅膀，飞翔歌唱；成群的野牛、野驴、野猪奔跑着，在它们的王国里展示野性的力量。

探险队再次进入大漠，沿途考察叶尔羌河、塔里木河，航程一千多公里。这次，探险队准备得更加充足，十多头骆驼满载所需行李用品，一字排开，沙漠上回荡着斯文百听不厌的驼铃声。

在叶尔羌河河畔，他们改走水路。豹子随同斯文航行，枪王和长腿骑马负责联络下一站宿营地点的吃住，大块头带着骆驼和辎重走陆路到下一个宿营地会合。

斯文设计打造了一艘特制的大船，船体宽敞，高大，厚实稳当。船头有带窗户方便观察瞭望、又遮风挡雨的小亭子，还安装着斯文煮咖啡的小火炉和小桌椅，斯文可以一边工作，一边喝茶、品咖啡，惬意又有派头，中间设有用黑布严密遮挡的密封的暗室，充当斯文冲洗胶卷的暗房。

斯文安闲地坐在船头的工作间，桌上放着书箱、画纸、铅笔和罗盘、望远镜。一路上顺流而下，河水时而平缓，一眼望去，可以看到成群的鱼儿在水草丛中游动；时而遇到急转弯，河床变窄，水流湍急，浪花飞溅，两旁芦苇闪动，舵手熟练地手持长竿，借助水势，灵活操作，大船在河里剧烈地颠簸，船上的人站立不稳身体前后晃动。斯文抓住扶手，幸亏豹子心细，把桌上的茶杯、咖啡杯固定在一个特制的木套子里，竟然纹丝不动，只是纸张用品乱成一团，有的掉到了桌面下。

　　船上航行中这些小插曲，更增添了旅途的乐趣。斯文对不同地段的水深水势、河面宽度等水文数据做了详细测定，力争把这条重要河流的走势、数据，绘制成最新的、最具权威性的地图发布出去。

　　在两河的交汇处，上下形成巨大的反差，河面上形成一个又一个飞速转动的漩涡，深不可测，舵手对此轻车熟路，不以为惧，照常行进。不料，木船航行到一个像飞轮高速转动的大漩涡前时，舵手正准备绕行这个血盆大口，船的前方正好飞速滑过一棵粗大的枯树，枯树被涡流打了个转儿，一下子横亘在木船面前。舵手措手不及，一下子撞将上去。湍急的水势，助长撞击力，大船一下子倾覆，连船带人翻进汹涌的河流中。

　　"不好！"豹子看到险情，情急之下一声大喊，本能地向前方的斯文的小木屋奔去，"哗啦"一下打开木门，他随着倾斜的船体卷入水中。

　　豹子一心保护斯文，急切中忘了自己是个旱鸭子，不识水性，倒是斯文沉入水中，并不慌张，在危急中他沉着地把桌面上的纸和打开的笔记本放入密封性能良好的塑料袋中，利用自己高超的水性，抓住豹子——豹子在打开了小木门的瞬间，还紧紧地抓住斯文遗落在桌面上的望远镜和罗盘。

　　他们被湍急的水流卷出了很远，在下游一个浅滩，斯文拉着豹子上岸。豹子灌了很多水，昏迷不醒，斯文紧急进行胸口按压，将豹子腹中浊水逼出，在昏迷状态中，豹子的双手还紧紧地攥着望远镜和罗盘。

斯文的眼眶湿润了。面对一个舍得用生命保护自己的朋友，还有什么语言可以表达他此刻的心情呢？

有惊无险。在船工和当地居民的帮助下，大家费了九牛二虎之力，将大船和部分行李打捞上岸，豹子并无生命危险。携带的行李大部分沉入河中，不见踪影，打捞上来的衣物、食品等，也都湿透了。

好在斯文的日记和探险报告都完好无损。站在岸上，斯文望着一个接着一个威力强大的湍急的旋涡，飞溅的浪花，以及咕嘟咕嘟冒着白色气泡的深潭，不寒而栗。如果不是豹子危急中冒险打开木门，正在专注工作的他在船倾覆后，在水流的浮力挤压下，根本不可能打开木门，他就是有再高的水性，也会被困在木屋中。

困兽犹斗？那会是怎样一番情景？即使是事后想想，斯文的脸上仍旧流露出他惯常的幽默自嘲的笑意。

## 2

一干人上岸，斯文急忙打开塑料密封袋里的文稿，神灵保佑，所幸完好无损，只是散乱在行李箱中的少量书信、日记已被打湿，他们小心翼翼地一页页展开，在河旁的大石上铺开晾晒。

"这多像唐僧西天取经途中经文落入水中，在岸边晒经台上晾晒的情景啊。"望着几个人忙碌的身影，斯文的眼前突然闪过历史资料上记载的情景。史料中关于楼兰的最后记载是，唐朝高僧玄奘西天取经之后东归，路过楼兰，这里已是"城廓岿然，人烟断绝""国久空旷，城皆荒芜"。

"那么，文献中记载的楼兰古城到底隐没在什么地方啊？"斯文的思绪穿越尘封的历史，仿佛已经看到那神秘的古城向他发出呼唤："茫茫大漠，无论它隐身何处，我一定要找到楼兰古城！"

一番折腾，一个个精疲力竭，天已近晚，肚子早已咕咕直叫，急需水和食物补充。

由于中途意外，耽误了路程，中途宿营，和枪王、长腿失去联系。几个人又冷又饿，点起火堆，向河边捕鱼人赊了些刚从河里捕捞的鲜鱼，又到当地居民的毡房里赊了些面条和他们自制的烧酒。"我们的驼队给养一会就到，一定加倍付给你们酬金。"斯文长着西方人的面孔，却说着一口流利的当地话。

"你们只管放一百个心，他们有大批的驼队，出手阔绰的很，"雇来的舵手大大咧咧地帮腔，"这位先生出大价钱，造了这么大一艘船，可惜了……"船手双手张开，比画出像天一样大的船的模样，下意识地用余光扫了一下打捞上岸、破损严重的船只，沮丧地用手拍了一下头部，仿佛为自己的鲁莽而自责。

居民们友善地点点头，放心地赊给他们各种所需品。

放在船上的被装、衣服都已湿透，加之夜里气温骤降，一行人无法入睡，只好围着火堆取暖待援。斯文知道，枪王和长腿在预定的宿营地等不到他们，定会沿河来寻找。

果然，到了下半夜，长腿和枪王骑马找到了他们。

"过了预定的时间，一直等不到你们，估计途中遇到了麻烦，就顺着河流骑马寻找，看到火堆，估计就是你们。"枪王望着斯文和豹子，"你们没事儿吧?"

"我差点葬身鱼腹了。"刚刚剧烈呕吐的豹子显得弱不禁风，为掩饰自己的狼狈样，他难得诙谐地一笑，火光中露出一排白得晃眼的牙齿。

大家一起围着火堆吃喝起来。豹子刚刚呕吐，没有胃口，坐在火堆旁还一个劲儿地打寒战。

旅队在河边短暂休整，等待大块头，他带着骆驼和给养。不料，一直等了两天，也没等到大块头的影子。当地居民仍然很坦然地借给他们所需食物，而斯文和豹子，却不好意思再向他们说什么"赊账"的话了。

"他会不会……"斯文心里急着到大漠寻找楼兰古城遗址，每等一天都像一个世纪那么漫长。他的脑海里突然冒出一个念头，大块头迟迟不归，一个人带着那么多的行李，还有全队所需的银元，如果动了私心，擅自离队，后果不堪设想。

"不会，他一定会跟上来。"枪王目光坚定，以不容置疑的口气说。

"绝对不会。"长腿说,"我去打探一下,这个迷糊蛋,他肯定迷路了。"

斯文见此,深为朋友之间金子一样的相互信任而感动,也为自己刚冒出的推测而感到后悔。

斯文给当地居民留下他们行动的路线图,让他代交给大块头,并交代所欠费用由大块头一并支付。一干人骑着骆驼再进大漠。这次,斯文要全面准确掌握大漠腹地的地理情况,寻找楼兰古迹。

较前两次穿越大漠,队员们个个更加成熟,胸有成竹。唯一的忧虑,是携带行李给养的大块头落下了。斯文顾不了这些,大块头最多滞后几天,也会赶到。

他带着一干人进入大漠,一路走,一路做着道路标识,大块头会循着路标赶上的。一眼望去,沙海无垠,天空湛蓝如洗,偶尔可见高大的胡杨,沙地上零星地长着生命力顽强的红柳和杂草丛。头两天的行程相当愉悦,他们在有泉水的地方宿营,吃着干粮,偶尔品尝枪王打来的野味。在缺少食物的情况下,斯文并不反对枪王获取猎物,只是不能射杀怀孕和幼小的动物。

长腿每天去寻找大块头,按照旅队留下的道路标识,和旅队会合。看到队友们期待的目光,他没有说话,目光凝重地摇摇头。队友看到他风尘仆仆、一脸无奈的样子,也不忍心再问结果。

"是继续前进，还是回头再作打算？"每个队员都有这种疑虑，但斯文不提起，大家都没说出来。

他们渐渐走入大漠腹地。地上的植物，天上的飞鸟，都不见了，高温干旱，缺食少衣，日益困扰着他们。

"头儿，前面有一处古堡。"越是大漠深处，越是艰难的跋涉，越有可能发现奇迹，给这沉闷的旅行带来无穷的快感，这也正是探险的价值所在。

随着长腿一声惊呼，大家陡增信心和力量，斯文和队员们一同向前方走去。看见几座相邻的土楼，造型独特，隐约可见原来样貌。他们小心翼翼地爬上其中一座看上去相对完整的土楼，木头早已腐化，辨不出木质成分，土质松动，墙壁用芦苇和荆条混合，掺和着黄泥浇灌而成，由于年代久远，随时要散架的样子。斯文对土楼进行仔细的观察研究，推算土楼的年代。从中发现一些古代钱币、雕刻和佛像。在土楼不远处，斯文敏感地发现地上沙碛坚硬，表层有风化的贝壳，斯文断定这里很久以前是一条河流，有河水流过，河里鱼类丰富，周围植被茂密，人口密集。可能河水改道，沙漠慢慢逼近，原来的居民被迫远迁到有水源的地方居住。

斯文本来打算在此对土楼进行更深入的分析研究，可是残酷的现实摆在面前，豹子的身体一直没有得到很好的恢复，靠着一股子精神在坚持，枪王没有猎物可打，队员随时面临饥渴的威胁。夜里气温很低，寒气浸骨。派出长腿打探大块头的行踪，没有任何音信。"大块头会不会遇险?"这个念头在斯文脑海里顽固闪现，挥之不去，让他再也不能专注于研究工作。

豹子和枪王偶尔交换一下忧虑的目光，他们一样关注着大块头的命运。

斯文和队员们集中在一个帐篷里，抱团取暖。饥饿、寒冷包围着他们。他们焦急地等待黑夜过去，太阳早点照亮大地。

在困境中，大风暴又一次不期而至，狂风卷着沙尘呼啸而至，沙漠上似万马奔腾呐喊声声，犹如万千铁骑奔腾而过。天要塌了，地要陷了。帐篷被掀翻，几个人死死用手抓住帐篷一角。所幸，他们连年征战沙漠，几经险情，积累了丰富的应对经验和保护意识，帐篷选择在避风的地点，几匹忠实的骆驼死命护主，在帐篷外风口处用庞大的身躯死死压着帐篷一角，帐篷虽然变形弯曲，但没有被风暴彻底掀翻、拖走。

不知过了多久，帐篷外的风暴声渐渐减弱，平息。几个人压在帐篷里，连挣扎的力气也没有了。

"头儿，我不行了。"豹子浑身软得像棉花一样，他沙哑着嗓子，虚弱地说。

"坚持住，"由于心力交瘁，斯文感到浑身像燃烧一般，阵阵目眩。他很少生病，他的身体像铁铸成的。而这次，他感到病魔来袭，浑身第一次不由自己支配。而作为一队的精神支柱，他知道自己无论在任何情况下都不能倒下，精神永远不能垮。他鼓励豹子，说出来的话却明显有气无力。

"头儿，你病了？"枪王摸摸斯文的头部，像火一样烫，手哆嗦了一下。他望望长腿，两人都感到反常。斯文个头虽然瘦小，却一向自信坚强，瘦小的躯体里有挥发不尽的能量，从未像现在这样以一种弱者的状态示众。枪王感到了问题的严重性。

"坚持住，一定要，活下去，活……"斯文断断续续说完，竟然昏迷过去。

"我去寻找大块头，"长腿望着枪王，"你留下来，照料他们。"

"带着！"枪王虽然知道茫茫大漠找人，犹如大海捞针，希望渺茫。但此刻，这也是唯一的希望。他摸索着，把剩下不多的水馕递给长腿："记住，活着回来！"

"活着，一定活着！"长腿从枪王的目光里看到了信任，看到了对生的渴望，他接过水馕，晃了晃，又拿出斯文煮咖啡的小壶，分了一半进去，贴着斯文的耳畔轻声说："等我。"

"伙计。"尽管在昏睡中，斯文还是听到了他们的对话，用一种微弱的声音叫住了长腿："带上，带上。"斯文望着长腿，吃力地嚅动嘴唇，他费力地指指望远镜、指南针，还有仅剩不多的食物："祝你，成功。"

两双手紧紧相握。

长腿拍拍骆驼的背，骆驼没有反应，这个沙漠之舟连日征战，缺食少水，也没有站起来的勇气了。

# 3

"兄弟，你在哪里啊？"长腿在沙漠上磕磕绊绊，跌跌撞撞，艰难行进。

此刻，疲倦和劳累，焦虑和虚弱，使他平时如飞的双腿不听使唤，感到那腿仿佛不是长在自己身上，心有余而力不足。

"伙计，咱们可是一块磕过头，烧过香，不求同年同月同日生，但求同年同月同日死的八拜之交，过命兄弟，一诺千金，信誉重如天，宁肯站着死，也不苟且生。"他低声念叨着，祈求尽快找到大块头。

实在无力前行，他索性一屁股坐在沙漠上，双手抱拳置胸，对天喃喃祈祷，保佑大块头平安，保佑他们尽快会合。他的脑海里交替闪现着大块头的面孔，这个伙计虽然贪吃，大大咧咧，还有一点犯迷糊，但绝不贪财、贪色，他为了一个"义"字可以不顾生死。

他一定迷了路，一定也在沙漠上苦苦寻找。

长腿机械地迈着双腿。他有一种为朋友、为自己洗刷疑云的信念。这团疑云始终笼罩在斯文、豹子，甚至他和枪王的心底，只是大家都不提及，害怕触及这一敏感话题。越是这样，他和枪王心中越是难受。如果旅队全体在沙漠中遇难，大块头不仅是个罪人，而且，这疑团会永远成为一个不解之谜。

在无垠的大沙漠，一个人就像一只蚂蚁一样，尽管拼尽全力，仍望不到边际。大沙漠呈现一种永恒不变的景致，除了黄沙还是黄沙。

更要命的是，前几天做的路标，已被风暴扬起的沙尘掩埋，给寻找大块头带来了更大的难度。好在他携带着指南针，从小就有了很强的方向感。他喝了一点水，润润干得冒烟的嗓子，又往前一步一步挪动脚步⋯⋯

他被什么东西绊了一下，重重地摔倒了。他抬起头，原来是一块半截埋在沙里半截裸露在外的木头，接着，眼前竟然出现了连片的房子、土楼，规模很大，比他们以前发现的沙漠古城还要大得多。连在一起看，这显然是一座古代城市，长长的城墙，高高的佛塔，成片的灰色的房屋，空旷的满是沙尘的街道。他进入一间房子里，墙壁上依稀可见图案精美、古色古香的绘画，沙地上散落着许多古钱币、瓷器、佛像，一些埋在沙子里，一些露在外面，地上杂乱地陈放着一些木质雕刻残片，花纹十分精致。

这会不会是斯文心心念念、苦苦寻找的古城呢？若不是大风暴吹过，古城重见天日，就是在此路过，也不会发现古城就在脚下。他心里一阵狂喜。身上带的水和食物只够勉强返回宿营地，他不能再漫无目的地寻找大块头了，他决定尽快返回，把这个重大发现报告给先生。

他带了几枚古钱币，想了想，又找出几块木雕残片，机械地朝来路返回。

　　他简直不敢相信自己的眼睛。他在漫漫的大漠上竟然看到了新鲜的骆驼脚印，还有，人的脚印。

　　"是他，一定是大块头。"长腿的心脏都要跳出腔子了。在这茫茫大漠上，在刚刚经过大风暴洗礼的沙地上，再没有任何人和动物的印痕，他太熟悉这脚印了。以前，在探险的路上，他们哥儿几个闲得无聊，曾比试过谁的脚印大，谁的步伐快。

　　他像充了电，循着脚印追上去。

　　熟悉的驼铃声在长腿耳畔响起，这声音，从千年大漠生生不息传唱着，给孤寂的旅程带来无限生机和活力，给古老的丝绸之路留下连绵不绝的美妙音符。他迎着声音追去，渐渐地，看到了几匹骆驼和一个骑在骆驼上缓慢蠕动的人影。

　　"兄弟！"长腿呼喊着，发疯似的呼喊着。

　　骑在骆驼上的大块头没有反应，他已经麻木了。从那日他带着行李赶到预订的宿营地，却没有发现队友们。他没有多想，傻傻地等待，却迟迟不见人影，这才意识到出了状况，就赶着骆驼沿河流一路打探，找到了船队翻船的地点，并得知他们曾在此短暂停留，给他留下了路标和借条。

　　他付清船队赊物的欠款后，带着行李给养一路沿着路标追赶，却总也不见旅队的踪影。

　　前天的一场风暴，几乎让他绝望。上一次面临大风暴，有斯文当主心骨，众兄弟齐心协力，共渡难关。而这一次，他单枪匹马，孤军深入大漠，一时手足无措，慌乱中他把骆驼聚成一堆，躲在骆驼肚子下面，闭上眼睛诅咒该死的风暴快些离去。

风暴过去，举目一片黄沙。有两匹马、一头骆驼卧地，再也站不起来。他拼尽全身力气，扔掉一些多余的笨重的衣物和木箱子，把一麻袋重重的银圆、几个装满水的羊皮囊和食品，集中在两头健壮的骆驼上，他得找到旅队，要不然队友们不被饿死、冻死，也要因缺水而渴死。对于大漠上缺水的感受，他刻骨铭心。大风扫过，一切都被黄沙覆盖，失去了路标，他茫然无措，不知该往何处行进。

老马识途，他任由那头健壮的骆驼，驮着他在大漠中行进。

"兄弟，"一个人影突然出现在他的骆驼前，张开双臂，挡住他的去路。他定睛看着，以为自己的眼睛出现了幻觉。他的眼前无数次出现过遇到队友时的情景，等他张开双臂去迎接的时候，才发现那是一团空气，他自己走火入魔了。

"真是你呀？"大块头犹豫半晌，下了骆驼，没错，这个头发蓬乱、破衣烂衫、几乎辨不出人形的家伙，就是长腿。他们双手相握，相拥而泣。

"我以为，再也见不到你们了。"大块头，这个钢铁般、粗犷豪爽的硬汉，语气哽咽。

"我一直在寻你，找得好苦啊！"长腿使劲擂着大块头熊一样厚实的背。

"大伙，好吗？"大块头望着长腿问，又生怕长腿嘴里说出噩梦一样的结果。这些日子，大块头的脑海里总在闪现着旅队困在沙海中命悬一线的镜头，有时梦中望着队友们全都困死在大漠中，他悲伤地放声大哭，把自己都哭醒了。

"豹子病情很重，一直没有恢复。"长腿简单解释了一下离散后的情况，忧心忡忡地说："先生的情况也很不妙，身体虚脱，都站不起来了。"

他们吃了干粮，喝足了水，加紧赶路。长腿望着负重的骆驼，有了行李，有了水，他信心大增，和来时的他判若两人。

远远地，他们看到了那顶帐篷。枪王倚着猎枪，靠坐在帐篷外，像一尊保护神，忠实地守卫着队友。他们上前，想拉起枪王，发现他已经处于极度昏睡状态，怎么也拉不起来。帐篷里，斯文和豹子躺着，那姿势，不知多久没有动弹了。

长腿和大块头分头给奄奄一息的队友们喂了水，服了西洋药，枪王最先醒了过来："兄弟，我们不是梦中重聚吧？"他望着大块头，又望望长腿。

"老天有眼，让我们经此磨难，兄弟再次相会。"长腿望着枪王睁开了眼，兴奋极了。

帐篷里，斯文也已慢慢苏醒，见到了大块头，眼光中闪出灼目的光："伙计，你长着一副大福大贵的吉相，你一定会给旅队带来好运气。"有了给养和水，远离了死神的威胁，斯文说话声尽管还很虚弱，但语气又恢复了一贯的幽默。

"可不是吗，先生，"长腿拿过那块刻着花纹的木头残片，"大难不死，必有后福，我又发现了一处古城，比上次遇见的规模更大。"

豹子也苏醒了，努力地想移动一下身体，但失败了。大块头弯下腰，小心翼翼地搀扶着他，慢慢地站了起来。

斯文看着木雕残片，眼中闪放着灼灼光芒。那个神秘的古城，会不会是他魂牵梦萦的楼兰古城呢？

他实在太困乏了，连移动一下身体的力量也没有。他又闭上了眼睛。这次，他放心地睡着了，他知道，他的旅队，又一次和死神擦肩而过，幸运地、奇迹般地起死回生了。

# 第十二章

# 心灵交响

## 1

再没有比发现了目标却不能行动，等待的日子更令人煎熬。

经过一段时间的修养，探险队员摩拳擦掌，跃跃欲试。豹子大病一场，但年轻力壮，脸上慢慢红润起来。他每天活动着腿脚，感到身体的每个部位都在恢复正常运转。他甚至和大块头比试了一下掰手腕，连胜大块头三局。

长腿和枪王、大块头把行李准备停当，随时准备出发。

斯文沉住气。身体各项指数不断好转，但他知道，队员元气尚未真正复苏，欲速则不达。他在休养的日子里，加紧研究有关楼兰古城的历史。

他铺开地图，把那条印刻在他脑海中的丝绸之路反复审视。按照《汉书·西域传》记载，在公元2世纪以前，楼兰是西域一个著名的城郭之国，东通敦煌，西北到焉耆、尉犁，西南到若羌、且末。古代丝绸之路的南、北两道从楼兰分道。

史料对楼兰古城的具体方位，有详细的介绍："鄯善国，本名楼兰，王治扞泥城，去阳关千六百里，去长安六千一百里。户千五百七十，口四万四千一百。"唐代玄奘三藏在其旅行末尾，对古城也作了简单的记述："从此东北行千余里，至纳缚波故国，即楼兰地也。"从中不难看出，楼兰古城确实存在。

斯文按照史料所载方位，比较大漠探险一路走过的方位，和长腿刚发现的古城的位置十分吻合，更坚定了他的判断。

自从汉武帝派张骞出使西域，几经努力，最终形成了闻名于世的丝绸之路。斯文在大漠探险之路上，多次看到西汉军队用来保护这条道路和来往贸易的烽火台遗址，这条皇家驿道让华美的丝绸闻名于世。楼兰是这个交通大动脉上的一个重镇，往来商队经过敦煌穿过漫长的荒漠地带，看到的第一座绿洲就是楼兰……

然而，这样一个古国，在公元4世纪后，突然消失了。楼兰遗址究竟在哪里？它消亡的原因又是什么？斯文思考着，一定要解开这一重大历史之谜。

又是一个月圆之夜。大漠的月亮晶莹剔透，纤尘不染，令人陶醉。月色迷蒙，给万顷沙海镀上了一层银色的光环。触景生情，豹子想起了苗苗，大漠的离别之情，心中涌出淡淡的乡愁。

他久久地望着圆月，心中涌出淡淡乡愁。

"咱们搞个宴席，庆祝庆祝，乐和乐和？"枪王见斯文在帐篷里深思，豹子在月光下凝神，营地死气沉沉，就和长腿咬了一下耳朵。

"对，"长腿也感到气氛沉闷，"可是，有什么由头呢？"

"今天是中秋佳节。"枪王心里已有方案，他望着天上的圆月，"咱们一别家乡数载，在大漠月圆之际，好好庆贺一番。"

"好啊！"大块头听到他们的计划，表示赞同。

豹子闻知，目光中流露出惊喜，几个人动手，把平时舍不得吃、压箱底的存货，干肉啊、面包啊、奶酪啊什么的都拿出一点，点燃干牛粪，烹制手抓羊排、炸肉丸、大盘鸡、手抓饭……一顿大漠上最奢侈的晚餐准备就绪。队员已经预感到，即将来临的是一个重大的发现。他们作为见证人，将要见证一个伟大的时刻。

斯文正在帐篷内研究有关古城历史，忽然看到豹子四人一齐走进了帐篷，在他面前分成两列，"请吧，先生。"枪王腰弯成大虾米，做了个邀请的手势。

对这不伦不类的礼节，斯文感到纳闷。他眼睛一扫，惊奇地发现，豹子和几个伙计，竟然都绷着脸，没有笑，一脸郑重其事的样子，这在平时是不多见的。

不知道几个顽皮的伙计搞什么鬼。斯文放下手中的笔，随众人走出帐篷。

好大的月亮，在静静的沙海上散发着迷人的光，空气中弥漫着阵阵肉香。他惊喜地发现，月光下，几个伙计不知什么时候已摆好了一桌丰盛的大餐。

"今天是什么日子？"斯文脑子快速转动。

"先生，今天是中国的中秋节，是团圆的日子。"大块头嘴快，也最馋，他急于开场白后，进入主题，大快朵颐。

"哇——"斯文发出夸张的惊呼，拍拍脑袋，"中国有句老话，每逢佳节倍思亲。"

"今天是中秋佳节。"枪王对着明月，煞有介事地说："我们在沙漠里一起庆贺节日，请斯文先生致辞！"

队员们使劲拍着巴掌，扯着嗓门叫着"好"。

"亲爱的朋友们，伙伴们！"斯文恢复了一贯的潇洒，故意以演讲的语气说："为了探险，大家远离家乡，一路历险，我们值得为自己骄傲！"说完，举起面前的酒杯，和众人相碰："祝节日快乐！"大家一饮而尽。

四个人轮留给斯文敬酒，斯文为每人送了一句祝福的话。

轮到豹子敬酒，斯文连干两杯，说："好事成双，我祝你和心上人早结连理。"月光下，豹子黝黑的脸像着了油彩，双眸闪闪发亮。

"豹子，再敬月老一个。"长腿打趣说，几个人都叫好。

豹子望望斯文，又望望大伙，望着天上的明月，一饮而尽。

"祝我们探险成功！"简单的仪式，重头戏是大块吃肉，大碗喝酒。大家吃着，喝着，谈起探险途中的趣事，清泉里尽情洗澡，观看野鸡表演，和藏羚羊赛跑；谈起缺水时的绝望，沙漠风暴的可怕；谈起失散时的焦虑，有说不完的话，不觉间，只顾喝酒，忘了吃肉。

月光下，队员们脸红通通的，眼里闪着兴奋的光。

斯文取出口笛，对着明月，激情吹奏。大伙围着火堆，敲着水壶、茶缸，又唱又跳。在酒精的作用下，大伙儿晃动着摇摆的脚步，尽情尽兴。

## 2

早晨，金色的阳光普照沙漠，一望无垠的沙海向远处延伸扩展，仿佛永远没有尽头。

骆驼迈着固有的步子，不紧不慢地在沙漠中行进，脖子上的铜铃发出悦耳的叮当声。

斯文骑在骆驼上，按捺不住激动的心情。他没有像平常那样专注地欣赏绚丽的沙漠日出，也没有再对眼前的景物写生或拍照。他那双深不可测的蓝眼珠燃烧着大战来临前的火焰。

丝绸之路，楼兰楼兰。

他的脑海里不断展现着那个掩藏在沙漠中上千年的神秘古城，它将带给他什么样的惊喜呢？

几个队员已经摸透了斯文的脾气，这时候，最好的方式就是保持沉默。尽管大家心里都一样，怀着一种喜悦和焦急的等待。

"快看——"带路的长腿突然一声喊，众人顺着他手指的方向望去，沙漠中隐隐有高低不平的建筑。

骆驼似乎也感受到了人们的惊喜和急切，加快了步子。近了，斯文眼前赫然出现一座古代城市的模样：城墙遗址，佛塔，成片的灰色的房屋，遍地沙尘的街道……

这就是梦里寻它千百度的神秘古城，从地理方位看，他们上次曾在距此不远的地方经过，而这座沉睡千年的古城却跟他开了个玩笑，让他和他缺粮少水的探险队差一点在沙漠风暴中全军覆没。

斯文沉着冷静地站在古城高处，开始拍照和绘图。此后，投入了紧张的研究工作。他在屋里发现了大量散落的古钱币、佛像、陶土罐、木雕等。尤其令他惊喜的是，还发现了木简、写有汉字的纸片和丝绸碎片。他全身心投入考察，完全忘却了时间。

"先生，该用餐了。"大块头几次催促他吃饭，他总是顺嘴说"等一会儿""再等一会儿"。大块头催的次数多了，他竟不耐烦地一挥手："去，去，别再打扰我！"这在斯文，是少有的粗鲁举止。

大块头感到不可理喻，气呼呼地站在一边，点起烟，吞云吐雾。

枪王望望长腿，长腿挠挠头："先生那股子倔劲，谁叫也无用。"

大家肚子咕咕叫，枪王又对豹子说："你面子大，你去请先生。"

见豹子也犹豫，大块头赌气地说："先生再不来，咱们就自己吃。"

枪王走上前，看到斯文正拿着放大镜研究一片竹简上的文字。

他站了半晌，终于开口："先生，大家等你用餐呢！"斯文放下放大镜，抬起头一看已近黄昏，又是一天过去了。他拍拍身上和手上的沙尘，满脸欢喜地说："伙计，初步证明，这个古城就是楼兰古城，非常有价值。"

大家被斯文脸上的喜悦之情所感染，饿肚子的不愉快一扫而光。大块头心里不装事，看大伙高兴，也露出笑脸："先生辛苦，请用餐。"

望着大块头递过来的盛满食物的碗，斯文接过，忽然觉得大块头的口气似乎有些生分，像想起什么似的，两眼显出笑意，诙谐地说："伙计，是不是刚才说话有所冲撞，冒犯虎威，请不要记在心上。"他作势欲弯腰致歉，枪王拉住，大家高声笑起来。气氛变得十分融洽。

晚上，斯文在灯下仔细梳理几天来的成果，据推算，古城的地理位置在东经89度55分22秒，北纬40度29分55秒。古城平面呈正方形，边长在300米左右，布局宏大，极目远眺，几乎全部为流沙掩埋。

现在，他基本理清古城的整体构造了。四周城墙用黏土与红柳条相间夯筑，古运河从西北至东南斜贯全城。城东、城西残留的城墙，高约4米，宽约8米，用黄土夯筑。居民区院墙，是先把芦苇扎成束或把柳条编织起来，再抹上黏土。全是木造房屋，胡杨木的柱子。城中心有唯一的土建筑，墙厚1.1米，残高2米，坐北朝南，似为古楼兰统治者的住所。运河东北有一座八角形的圆顶土坯佛塔，塔南的土台上，有一组高大的木构建筑遗迹，斯文从中发现了汉文、佉卢文文书及简牍、五铢钱、丝毛织品、生活用品等。在随后的一周里，斯文从中发现了钱币、丝织品、粮食、陶器、写有汉字的纸片、竹简和毛笔……这些文字中出现了楼兰字样。斯文在楼兰找到的年代最晚的汉文木简是公元330年。木简提到的最后一位楼兰国国王名字叫作伐色摩那，在位的时间约是公元321—334年。楼兰文明大约就是在这个时候失落的。

这座古城就是《史记》和《汉书》中记载的赫赫有名的古国楼兰，整个世界为之震惊。国际上兴起了一门新的学科"楼兰学"。楼兰古城的发现，给斯文带来了巨大的荣誉。

经过千年沉寂，古城终于揭开面纱，再次展现在世人面前。楼兰位于神话般的丝绸之路上，东连中国内地，西连波斯、印度、叙利亚和罗马，经济繁荣，商贾往来，店铺林立。

鼎盛时期，东西方各国的使团、商人、游客络绎不绝，客栈里生意兴隆，酒舍里食客熙攘，寺院香火旺盛，开设有医院和邮递业务，为前来就医的病人及时诊治，随时传递书信。中国的丝绸、茶叶、瓷器，西域的宝马、葡萄、奇珍异宝和西方各国的货物在此汇聚、交易，这条闻名于世的丝绸之路影响了东西方人类文明的进程。

斯文认真研究、推断楼兰消失的原因，这么一个有着辉煌历史的古城，盛极而衰，可能毁于战争，可能毁于瘟疫，也可能毁于缺水。他认为最有可能的原因是缺水，在探险路上，他亲眼所见，塔里木河改道，罗布泊移动，楼兰失去了水源。最终，楼兰人不得不弃城出走，任漫漫黄沙将楼兰古城一点点湮灭。

楼兰古城被发现后，又在罗布泊发现了与楼兰有关的历史遗址：海头古城、瓦石峡古城、米兰遗址和小河墓地等。还发现了保存完好的、大约1800年前的楼兰女尸。这些重大发现，奠定了斯文作为20世纪人类最伟大的探险家之一的地位。

## 3

斯文收到了父亲的家书，对他取得的成绩表示祝贺。信中浓浓的亲情，流露出催促他归来的意思。

几年来探险途中的一幕幕，像电影慢镜头一样在他眼前闪过。几多艰辛，几多感慨。望着几个伙计，他竟有点依依不舍。

"瞧，先生想家了。"大块头见先生呆呆地坐着，快人快语地嚷道："先生竟然流泪了。"

大家一齐望去，果然，斯文的腮边滑下一串闪亮的泪珠。

斯文惊醒，本来想悄然拭去滑下的泪珠，经大块头这么一嚷，反而觉得没有必要，任脸上的泪珠在腮角滑动。

大家的情绪受到感染，眼角都有了涩涩的感觉。

"先生，我们下一站到哪儿?"枪王习惯性地问。

"回家。"斯文回答。

"回家?"大家心里早就想回家了，可谁也没有先提出来。当斯文一提出来，大家还是有点惊讶，仿佛斯文在跟大家开玩笑。

"对，该歇歇脚了。"斯文闭上眼睛，想起了家中宽大卧室里柔软的席梦思床，庭院里葡萄架下一家人围坐喝咖啡的日子。他真想躺下去，闭上眼睛，睡上几天。"伙计们，感谢你们的一路相伴。"

队员们默默地收拾行李，平素干净利索程序化的过程，这次却显得拖泥带水，大块头不知是因为激动还是怀念大漠上的每次扎帐篷、拔帐篷的过程，这次怎么也弄不利落。

骆驼吃饱喝足，整装待命。它们也感到了这次行动的不同寻常，一个个显得十分温柔。斯文摸了摸花斑的脑门，把脸紧紧地贴在它的脑门上。小狗花花不甘寂寞，在斯文脚下来回蹭动，斯文弯下腰，抚摸它的头，轻轻地说："花花，很快就要回到主人身边了。"

"先生，再陪你走一程吧，"枪王望着斯文，"我们一直把你送出国界。"

"对，"豹子和长腿、大块头、枪王四目注视，每个人眼中都撞出了火花。这个办法放缓了即将到来的分别的过程，让他们心里更容易接受一些。

"送君送到十里长亭。"斯文幽默风趣的话，把大家都逗乐了。"中国人讲究有始有终，我们一齐先到出发地，"斯文望望大家，目光最后定格在豹子身上，"我还要当一回中国的红娘，给豹子当证婚人呢！"

"当新郎官了，吃喜糖了！"几个人一齐上前，将豹子高高抛起……

回家的路总是很快。一路上，骆驼迈着欢快的步子。驼铃声声，清脆悦耳。只有经过大漠探险、历尽艰辛的旅人，才最懂得这首千年歌谣的真正内涵，无数风霜雪雨、晓行夜宿，都融入这银铃般的欢歌中。

小村庄的人们用最热烈的仪式迎接他们。连续几天，长老都在自己的大毡房里宴请斯文一行，大家大块吃肉，大碗喝酒，听斯文讲述探险途中惊心动魄的故事，毡房里气氛欢乐融融，像过节一样。

"怎么不见……"斯文留意到，回来几天一直没见到苗苗露面。

长老爽朗地大笑。"苗苗要做新娘了，按我们的风俗，出嫁前新娘是不能随便见人的!"

一言既出，斯文兴奋不已："中国有句老话，有情人终成眷属。"和几个中国的朋友相处日久，不仅相互之间感情加深，斯文的中文功底也大有长进，对一些经典古词引用得恰到好处。

"还要感谢你这个月下老人呀。"长老年岁虽高，但容光焕发，底气充沛。

长老带着斯文和队员来到一处刚布置好的新房。门窗上按照传统习俗都贴着大红"喜"字，不同的是，两旁的墙上张贴着苗苗画的山水、动物素描，正中间醒目的位置张贴着斯文送她的那张骆驼与少女图。

"苗苗的画愈发长进了。"斯文定睛审视着苗苗画的每一张作品，像一个严格的老师，讲评自己得意弟子的作业。

斯文作为贵宾，参加了一个难忘的中国式婚礼。豹子穿着新郎服，胸前挂着大红花，骑在一匹健壮高大的骏马上，苗苗身着大红的婚礼服，脸上蒙着红盖头，在一队乐手的吹吹打打声中，坐进四个壮实的男子抬着的彩轿，轿子有节奏地晃动着，喜庆的唢呐声格外嘹亮。全村老少齐聚观礼，人人脸上洋溢着喜庆之色。

婚礼沿用传统的风俗仪式，引人注目的是斯文和他的探险队员枪王、豹子、大块头一齐出现在婚礼仪式上。斯文发表了热情洋溢的祝词，向一对新人表达了由衷的祝福，并代表全体探险队员把一枚钻戒——那是波斯国王送他的礼物，作为他送给豹子的新婚礼物。

豹子把它戴在新娘纤细的手指上。

豹子和新娘向斯文赠送了一件特殊的礼物——一对驼铃，陪伴斯文和探险队度过大漠、高山、湖泊的花斑脖子上的那对驼铃，在豹子和大块头、枪王、长腿和众人的喝彩声中，斯文把驼铃高高举起，不停地晃动着，那叮当叮当的声音，让斯文和探险队员陶醉不已……

# 第十三章

≈

# 壮志不息

## 1

坐在瑞典宽敞明亮的书房，望着鬓角有了银丝的父母，嘴唇上已渗出小胡须的弟弟，尤其是长得已和自己齐肩、出脱得亭亭玉立的美女小妹，斯文深深地感到几年来家庭成员所发生的变化。

"该考虑一下自己的婚事了。"母亲这句话常常挂在嘴边，对身边认识的和斯文年龄相仿、相貌出众的女孩格外关注。

"不急，我还有好多事要做。"斯文听着母亲有几分抱怨的话语，一边往书房走，一边以他一贯的诙谐语气说："面包会有的，美女也会有的。"

母亲只好苦笑着。

他确实有好多事要做，他的时间总是不够用。他是善于交际的人，身边也不乏他欣赏的美女。但他感到，人的一生太短暂了，除了探险事业，无暇他顾。

他的一系列重大发现，尤其是古城楼兰的发现，在国际上引起轰动，为他带来了耀眼的光环。采访他的记者，请他做学术交流的单位，约他出书的出版商，还有各界名流、政府要人约请的各种宴会，让他应接不暇，常常苦于分身无术。

他有一种强烈的紧迫感，几年来的历险情景历历在目，在他脑海中翻腾，让他坐卧不宁。他觉得没必要的应酬和其他琐事——比如谈情说爱，是对生命的不负责任的浪费。他集中时间和精力，投入著书立说的宏大规划中。

"请勿打搅，概不会客。"大门口，他挂着写有这几个醒目大字的纸牌，拒绝任何人来访。每天把自己关在书房，进入亢奋的写作状态。现在，每当他写作困倦时，抬头望望书桌上的那对驼铃，轻轻晃动，听着它发出的清新悦耳的声音，仿佛又回到了大沙漠，心里又涌出强烈的创作愿望。

"真是个倔强的人""罕见的高产作家"。熟悉他脾气的人渐渐断了拜访他的念头，曾经热闹非凡的住所变得门前冷落车马稀。关注他的人只有从他不断发表的著作中，感受到他对探险事业一颗炽热的心。

"叮咚。"这是一个阳光明媚的下午，家中的门铃少见地响起。斯文正在书房奋笔疾书，斯文母亲以为出现了错觉，近些年，熟悉的朋友都知道斯文不论来者为谁，一律拒绝会客的个性，都不再做自讨没趣、碰一鼻子灰的尴尬事。偶尔远道而来的朋友看到门前的直白"告示"也摇头作罢。

"叮咚。"门铃顽固地响个不停。

"会是谁呢？"斯文母亲疑惑地想，"难道来人没有看到门前贴的牌子吗？"

斯文母亲虽然习惯了无人来扰的环境，但潜意识里，还是巴望有人能来家里和斯文畅谈，免得他一年四季把自己关在书房，除了写作还是写作，永远没个尽头。

这样想着，她打开了门。

门外站着亲亲的一家人，带着一大堆礼品。那个中年男子，相貌堂堂，衣着不俗，脸上露着谦和的笑容，一看就觉得不同凡响。身旁的一个贵妇——具有东方人特质的高个头女性，显然是他的夫人，尤其是，她一只手拉着一个三四岁的小女孩，金发碧眼，像个瓷娃娃一样讨人喜欢。斯文的母亲两眼停在两个漂亮可爱的双胞胎女娃娃身上，就不愿离开，她实在太喜欢这两个小天使了，她内心真想把她们抱起来。

"阿姨，我找斯文先生，"虽然初次见面，中年男子的口气透着和斯文不一般的关系，他的谦和的笑容和带有磁性的声音，让人感到一种磁场般的吸引力，不容拒绝。

"可是，"斯文母亲犹豫片刻，目光有意无意地瞄了一眼门前挂着的醒目的牌子。

"哈哈，"中年男子一阵爽朗的大笑，"还是那股子倔强劲。"他收敛了笑容，郑重地对斯文母亲说："阿姨，麻烦您通报一下，就说他的老朋友吉伦来访。"

"吉伦?"斯文母亲似乎听过这个名字，她的目光又在两个可爱的小天使脸上看了一眼，生怕两个小家伙转眼飞了似的，恋恋不舍地收起目光："请稍等。"

她轻轻推开书房门，书房内烟雾缭绕，斯文一边不停地抽烟，一边投入地写着。母亲在书桌前站了良久，他竟没有察觉，头也不抬，手中的笔"沙沙"舞动。

她轻轻地咳了一声。

斯文抬起头，他显然还没有从忘我的写作状态中醒过神来。

"有个叫吉伦的人——他说是你的老朋友，来看你。"母亲轻轻地说完，望着仍在凝神中的儿子，生怕他一口回绝了朋友——她心里实在太喜欢那两个小天使了。

"谁? 吉伦——"斯文好像突然回过神来，身体条件反射般地从座椅上弹起来，人已经箭一般地离开了书房。速度之快，反应之敏捷，让斯文母亲又看到了斯文少年时爱动爱闹的样子。脸上不禁也流露出开心的笑容。

"老伙计!"门口，斯文和吉伦一对老朋友紧紧拥抱着。

"快请客人客厅里说话。"斯文母亲怕冷落了一旁面带微笑的吉伦夫人，一边提醒斯文，一边一手拉着一个小女孩，往客厅里走。

"你好啊，"斯文又和恰娃象征性地拥抱。

"这一别多年了，你还是老样子，仍然从事探险事业。"吉伦望着斯文，"你的名字如雷贯耳，我是你忠实的读者，为朋友在探险界取得的辉煌成就倍感荣耀。"吉伦仍然那么健谈，一张口就刹不住车。

是啊，老朋友之间有太多的话要聊。

斯文母亲忙着给两个瓷娃娃般可爱的小女孩剥糖果，削水果，听着她们奶声奶气"奶奶，奶奶"地欢叫，心里跟吃了蜜一样甜。

"我们结婚后，从事另外一种探险——成立了欧亚贸易公司，一年的大部分时间都在奔波中，一方面周游世界各地，一方面做业务，规模越来越大，总之，一切都不错。"

"哦，还探险。"听着丈夫说大话，恰娃不禁笑着揭发："现在旅途中连马都骑不了了，坐火车都要包厢，衣食住行讲究得很。"恰娃还是老样子，性格豪爽耿直，笑起来毫不掩饰。

"你呢，还能骑马吗?"斯文望着风姿绰约的恰娃，眼前闪现着当年恰娃纵马奔驰的英姿。

"骑不了了，自从生了双胞胎，一直在家带孩子，武功全废了。"恰娃望着和斯文母亲玩得正开心的两个娃娃，眼神中流露出满足和失落交织的复杂意味。

吉伦大谈特谈他的生意经，他做得很成功，积累了巨额的财富，俨然已是国际商贸界的一流大亨："老伙计，我找你，是想告诉你，如果探险方面有资金需求，我鼎力赞助。"

"是啊，再也不需要为资金而烦恼了。"恰娃双眼熠熠闪光。

感受到老朋友的真诚，斯文兴奋地和吉伦双手相握，为自己结识了真正的好友而感到高兴，也为吉伦在经商方面的成功而骄傲。

送走老友，斯文望着母亲目送两个小女孩远去时留恋的眼神，心里有所触动，他能理解一颗母亲的心。可是，他实在有太多的事要做，这个念头只是一闪而过。

他又坐在书房，开始了他大沙漠探险的写作。创作，让斯文常常进入物我两忘的境界。

斯文一生在不断地考察，也在不停地写作，可谓著作等身。他的探险专著《回到亚洲》《戈壁沙漠横渡记》、3卷本的《亚洲腹地探险八年》和全景式报告《中亚细亚沙漠》《亚洲腹地探险》《外喜马拉雅》不断强势推出，每一本新书都在读者中引起强烈反响，形成一波又一波斯文热。他画有五千幅速写、水粉，这些绘画多数草就于探险考察的路上，成为那个时代和环境的真实记录。

桌上的驼铃静静地安放着，他轻轻地抚摸着它，听着它发出的声响，一颗心又飞到了大漠。

"什么时候再去大漠，再走丝路呢?"他的脑海里闪现出一种强烈的意愿。

岁月匆匆，转眼两鬓染霜。著作等身，各种功名集于一身的他，并没有满足，他的心又一次萌动了大漠探险的冲动，是如此强烈，不可遏止。

# 2

初冬，空旷的北方原野，三辆满载给养、炊具、帐篷、被褥和汽油桶、骆驼粪的卡车，在一辆小车的引领下，在北方大地急驰。

小车副驾驶座上，坐着一个年约六十开外的瘦小的西方男子，目光炯炯有神，专注地看着车窗外的景象。街道两旁树木光秃秃的，零星散布着一些小的村庄，土坯垒就的房屋，烟囱里冒起炊烟。

一路上遇到的一些行人或商队，有的骑着毛驴，有的赶着骆驼，上面驮着衣服、蜡烛、茶和香烟等货物。这景象，似曾相识，又有些陌生。

又一次踏上久违的土地，斯文心潮澎湃。

这次，他不是以个人身份探险，而是作为考察团团长，带队到中国西北进行科学考察。按照计划，考察团由北京乘火车到内蒙古，再由内蒙古进入新疆，沿途做多学科的综合考察，主要是勘测、考察修建一条横贯中国大陆的交通动脉的可行性。

此行，他带的是一支汽车考察队，没有骆驼相伴，好像缺失了什么。

斯文坐在前面的小车上，想到豹子和大块头几个朋友，不由得想起骑骆驼时的情景，车里的视野似乎不够开阔，他摇下车窗，一股清新的空气吹进，吹拂着他稀疏的发丝，他又无奈地摇了上来。身旁的司机专注开车，不再有豹子他们一路说笑的情景，这种探险和他再到中国探险的期盼有些落差。

在最后一辆卡车上，助手支起脚角架，用罗盘测定方位，考察地质，绘制地图。

"嘎吱——"小车突然发出刺耳的声响，趴窝了。司机伸开双手，重重地拍了一下方向盘，抱怨道："这鬼路！"道路年久失修，被牛车碾压出深深的车辙，小车在不停的颠簸中，右后轮陷入一个深坑，司机加大油门，车轮只是打滑，而动弹不得。大家下车，用石头填平大坑，小车终于慢慢地爬了出来。

或许是对骑行骆驼情有独钟，斯文总觉得卡车这种交通工具，在探险的途中，很多地方没法和善于负重的骆驼相比。

车队驶出不远，又遇到倒霉事。在一段又窄又陡的弯道上，车辆和牛车、马车挤成一团，拥堵不堪。经过两个多小时的等待，好不容易上了坡。为赶进度，司机加大油门，没想到一辆卡车又陷入结冰的河床上。队员拿着铁锹、镐头，抛开冰面，司机试着加油往前冲，加上队员用力推，还是动弹不得，只好把车上的行李卸下，司机拿出千斤顶，一番折腾，卡车终于像蜗牛一样慢慢爬了出来。

更要命的消息传来，最后一辆卡车和一辆拉煤的马车相撞，卡车受损，司机受了重伤，血流满面。

出师不利，斯文心中涌出淡淡惆怅。

天慢慢地黑了下来，队员们搭起帐篷，一应物品准备充分，随行的专职厨师制作了炸肉卷和薄煎饼，还有热腾腾的豌豆汤和咖啡，味道可口，但斯文没有胃口，草草吃了几口，就放下了碗。

夜里气温降到零下十多度，队员们点起篝火，在地上铺起帆布，放上羊皮睡袋，穿着羊皮袍入睡。酣睡中，一场风暴骤然来临，狂风吼叫着、嘶鸣着，发出强劲的力道，帐篷布发出刺耳的拍打声，帐篷摇摇晃晃，随时要被掀翻。大家从睡梦中惊醒，一时手忙脚乱。

"镇静，"斯文见多不怪，沉着稳重，"不要慌乱。"他平缓的语气，让大家冷静下来，然后用锤子把拴帐篷的桩子往冻土里打得更深，更坚固，几个人使劲拉住帐篷的一角，加重它的承受力。

一会儿，风声渐渐减弱，一切又趋于平静。

夜里的严寒，汽车发动机受冻打不着火。司机端着火盆烤，用热水浇，费了很大力气，才发动了汽车。后来，大家摸到诀窍，每晚把火盆放在发动机下面，防止发动机受冻。第二天早上上路，很容易就发动车子。

车队隆隆行驶，广袤的蒙古高原卷起冲天尘土。一路上，偶尔看到成群的野生动物在狂奔，尤其是羚羊，奔跑的姿势很优美，这让斯文眼前浮现出长腿和羚羊赛跑的有趣一幕，嘴角浮起一丝不易觉察的笑意。

"先生，想起什么事了，这么开心?"坐在小车后座的助手捕捉到了斯文这一面部表情，想打破沉闷的旅途空气，插话道。

"以前探险中的趣事，"斯文捋了捋头顶上稀疏的银丝，点燃一支烟，"人老了，总容易怀旧。"

高原上，漫漫尘土中，斯文看到一座圆锥形石堆，飘扬着一条条黄色彩带，当地人叫"敖包"。斯文出神地注视着这座规模很大的"敖包"，缓缓地说："这是我们当年的宿营地。"

"您可真是中国通，"司机是个机灵嘴甜的外国小伙子，一直用英文和斯文对话，"到过这么多的地方，中国话说得这么地道。"

"这算什么，"助手语气中明显带着恭维与敬佩，"先生多年在中国西部探险历程，经历冰川的凶险，大漠的恐怖，高原的酷寒，从不向困难、挫折乃至死神妥协。算起来，他初次到中国探险那年才20多岁，一晃30多年过去了。"

"30多年?"年轻的司机吐了下舌头，"那时我还在娘胎里呢!"

"停!"斯文突然叫了一声，眼前出现了一支长长的驼队，其中一匹骆驼在眼前一晃而过，十分眼熟。

司机戛然刹车，以为自己说错了什么，引发了先生不悦。

斯文快速下车，回身追赶被小车甩在后面的驼队。

"啊，真是你呀，伙计!"斯文惊喜地叫着，上前抱住了其中一匹老骆驼的头，那是当年探险时一直跟着他的骆驼，虽然经历大漠沧桑，但斯文还是一眼就辨认出了它。

骆驼也认出了他，目光中涌出一股异样的光芒，四个蹄子不停地原地打转。

跟随过来的助手见此情景，也被深深地感染了。他返身回到车里，拿来几个大大的面包，递给斯文。斯文一边爱怜地看骆驼吃着，一边轻轻地抚摸着它已经不再光滑闪亮的鬃毛。

"老伙计，咱们来张合影吧！"斯文和骆驼站在一起，用深情的目光注视着这个忠实的朋友。"咔嚓"一声，助手按动了照相机快门。

商队的人听斯文讲述了他和骆驼之间的这段交情，唏嘘不已。如此看重一匹曾经跟随过自己的骆驼，如此讲友情的人，赢得了商人发自内心的敬重。他们拉着斯文，请他喝酒。

临时支起的大帐篷，大家用满是茶垢的缸子盛着飘香的奶茶，用布满油腻的大碗盛着肉汤，桌上摆着烤全羊，打开装满酒的羊皮囊，扑鼻的香味溢满帐篷。

"干！"在热烈的氛围中，斯文和豪爽的商人们大块吃肉，大碗喝酒。助手被这种情境所感染，不觉放开畅饮，烈性的酒让他不能自已，当场呕吐。

斯文深深知道，对于豪爽的主人来讲，请来尊贵的客人到帐篷做客，客人喝得酩酊大醉，那是给自己面子，自己会深感荣耀。而对于斯文自己来讲，能受到主人如此隆重而热烈的款待，是一种信任和尊重。他尽情地喝着吃着，仿佛回到了从前和牧民相聚的日子。

在漫漫的丝绸之路上，商人们伴随着悠长的驼铃声，他们和古道上萍水相逢的朋友们聚在一起，尽情地喝酒、聊天，让单调乏味的旅途充满乐趣，让人生充满传奇般的经历。

他因为这匹骆驼，有缘结识了一群血性男儿，他们会在最需要的时候，把宝贵的水让给你，把仅有的一块馕饼让给你。这就是千百年来在商道上形成的古老习俗，一直沿袭。

一旦打开话匣子，斯文发现，这些古道热肠的汉子们，在古朴憨厚的外表下，肚子里装着无穷的典故，说话也不乏幽默和机智。斯文因酒精作用，脸色白里透红，目光明亮，找到了以前探险的感觉。

北方的冬天，寒气浸骨，考察经过的路线，大都没有路，汽车行驶困难重重。考察队遇河搭桥，搬石铺路，车辆趴窝、抛锚是家常便饭。不停地装车、卸载，队员们不胜其苦。但他们克服了重重困难，紧张、高效地工作着，沿途勘探地质、生物、水文、气象，了解民俗和文化，发现了铁矿，在额济纳建立了中国西部的第一个气象站。

## 3

踏入新疆这块土地，萦绕在斯文心中的那种怀旧、寻梦的感觉越发浓郁。

作为资深探险家，斯文经验丰富，具有权威性。他对新疆近乎痴迷的热爱，让刚接触他的人觉得不可理喻，觉得他性情古怪。

现在，斯文和司机、助手已经渐渐形成了默契。

"停！"一路上，常常经过他以前探险时的地方，他会冷不丁地喊一声，司机不再感到奇怪，稳稳地把车停下来。

斯文向路旁孤零零矗立的一个古堡快步走去。这是西汉时期留下来的一处用土坯砌成的要塞，早已没有兵卒守卫，在大漠上经历风雨侵袭，表层的土皮已经松动，面目全非。当年，他曾在此进行过详细考察，他抬头观望，果然，不远处有一座烽火台遗址。他又爬上遗址，仔细观察，依稀还能辨认出他当年考察时的原貌。

"这里就是古代的丝绸之路。"汽车沿着崎岖的道路前行，斯文像是告诉司机，又像是自言自语。他的眼前映现着一幅生动的画卷：繁华的丝绸之路上，一队队商旅，赶着几十匹、上百匹甚至几百匹背上驮满货物的驼队，浩浩荡荡，行进在丝路上。一处处驿站上，商人们短暂停留，人头攒动，吆喝的划拳行令声，叫卖声，给这冷清的大漠平添了多少人世的繁华。

司机望着前方，路面坑洼不平，时常中断，需要费力绕行，不见熙攘的行人，长长的商队，冷落、荒凉，一点也想象不出它和别的路有什么区别。

　　望着窗外古道，斯文的心一阵发紧。长年战乱，丝路上人烟稀少，房屋一间间倒塌，驿站名存实亡。想着当年的繁华胜景，他心中涌动着要修筑一条由内地通过丝绸之路，连接与亚洲腹地之间的道路的紧迫感。

　　"一定要修筑一条纵贯西部的交通大动脉。"斯文的脑海里规划出一条宽广坦荡的新公路，穿过草原和沙漠，按照古丝绸之路的路线向前伸展，让丝绸之路畅通无阻，重新焕发活力。

　　"这条公路修好了，人们旅行就便利了。"司机顺着他的话说，"我可以开着小车，把先生快捷地送到大漠的任何地方。"

　　"修筑这样一条公路，要在许多河流和沟壑处，架起一道道桥梁，造价高昂，难度很大。"助手显然从专业角度考虑问题。

　　"是啊，修建这样一条公路不仅是为了游览和缅怀古代丝绸之路，它有着更加重要的作用，"斯文扭头望着坐在后排的助手说，"这条大动脉不仅能促进商贸往来，在东西方之间开辟一条新的交通线，它将连接太平洋和大西洋两个大洋、亚洲和欧洲两块大陆、黄种人和白种人两大种族、中国文化和西方文化两大文明。"斯文越说越激动，"如果能使丝绸之路重新复苏，利用现代化的交通手段，必将促进中外贸易交往和中亚各国和平友好往来，意义十分重大。"

　　带着美妙宏大的愿望，斯文一行驱车沿着漫长丝绸之路的东方行进。

　　"以前，孔雀河河水流量很大，水质甘美，河里生长着丰富的鱼类。"临近孔雀河时，他心跳加速，情不自禁回想起初次到此探险时遇到的一幕："我们曾经遇上一个传奇般的老猎人……"斯文仿佛闻到了河水的清新气息，看到了清澈的河水在阳光下潺潺流动，泛着粼粼波光。

司机和助手听着斯文有声有色的讲述，深深地被老猎人的故事所吸引："我们还会看到老猎人吗？"小司机突发奇想。

"时过境迁，物是人非，30多年没有联系了。"斯文感慨人生短促，知音难觅。

站在孔雀河边，斯文沉默不语。此时，河道弯曲，河水浑浊，水量小得可怜，宽广的河道已经变得干涸，河中心堆起一座座沙丘。两岸树木稀少，不少树木已经干枯，树干倒在地上，干裂、发白。鸟类和动物不见踪影，满眼荒凉、衰败。

顺着河流，往罗布泊行进，一路上斯文看到的景象和以前大不相同。他想起和年轻的高个头船工一路顺流而下的情景。现在别说划大船，就是小船也会搁浅。

"那时，罗布泊周围高高的芦苇，密集得像一堵墙，不熟悉水道根本就进不去，绕来绕去，像一座迷宫。"斯文讲述着以前进湖中考察的情景，"大量的飞鸟在空中盘旋，调皮的船工在芦苇丛中找到了一窝鸟蛋，还散发着余温。"

司机听得入神："怪不得先生对新疆充满美好的回忆，原来有这么多美好的故事。"

"在罗布泊湖中，遇到一位捕鱼人，刚捞上一网，一条十多斤重的金色鳞鱼真漂亮呀，"斯文回忆着当时的情景，"我向捕鱼者买这长鱼，老者想也没想，就送给了我。"

"呀，真是豪爽的罗布泊人！"司机和助手听得入迷，"后来那条金色大鲤鱼呢？"聪明的小司机和助手都在猜想，那条鲜美的大鲤鱼会不会变成一顿美味的夜餐呢。可是，看着斯文两眼闪动的光华，忍着没有说出来。

"后来，那条金色鲤鱼让我失手掉入了湖中，重回大自然了，"斯文想象着当时鲤鱼游回湖中一瞬间就消失得无影无踪的情景，脸上充满了无限的回味之情。

"太遗憾了。"助手和小司机一齐发出叹息。

"你猜老者怎么说？"斯文主动提问，"老者说我和这条金色大鲤鱼有缘呢！"

"哎呀，这简直就是童话中的情节，"司机的口气中带着明显的夸张，"那条大鲤鱼会不会还惦记着您，在湖中等待和您的重新相逢呢？"小司机显然是看过很多童话，一脸的憧憬。

斯文和助手望着小司机故作天真的样子，一齐开怀大笑。

"金色的鲤鱼是不可能再见到了，但我和老者拍的合影照还在，"斯文笑着说，"不知道那个船工是否履行承诺，把照片送给了老者。"

"会的，"助手带些安慰性地说，"我想会的。"

"但愿吧。"斯文点燃一支香烟，有滋有味地吸了一口，有些后悔来时没把那张合影照带上。

尽管有思想准备，到了罗布泊，斯文还是不敢相信自己的眼睛。湖周围高大茂密的芦苇稀稀拉拉，原先被湖水淹没的地方现在露出干硬的地面，行人踩着可以直接行走。湖的面积缩小了许多，水变得很浅，一个小船在靠近边沿时搁浅，只好用纤绳拖着靠岸。水鸟很少，偶尔飞过一两只，看见人影，惊恐地尖叫着，凄厉的声音传得很远。

"那时湖里的水鸟很多，根本不怕人，有些水鸟胆子很大，在离人很近的地方逗留，像游人的好朋友一样。"斯文目光望着空旷的湖面，像在讲述一个遥远的传说。

风声吹来，干枯、稀疏的芦苇发出杂乱的声响，三个人不再说话，站在湖畔发呆。

湖水已经变质，寻找金色的大鲤鱼的梦破碎了。现在，由于河流改道，缺水断流，湖里水质变浑浊了，连小鱼也很难看到。

斯文来到楼兰古城，当年他发现这座沉睡沙海千年的古城时，引起世人轰动。而此时，冷冷清清，他当年竖立的旗杆依然在，一切都像从前的样子……

考察中，当地两支军队发生交战，考察路线不断更改。途中，缺少油料、几辆卡车被强行征用，使斯文和考察队被困数月。

焦虑、劳累，斯文时时感到腹部剧疼，脸上时时冒出豆大的汗珠。经医生检查，他患了严重的胆结石。

尽管如此，西北科学考察团历时8年的探险考察，斯文组织撰写、出版了55卷报告，堪称世界探险史上和考察史上的恢宏之作。

70岁高龄时，斯文才离开了这片他魂牵梦萦的神奇土地。

至此，斯文在中国西部探险考察的时间跨度长达40年，数次深入塔克拉玛干沙漠，考察大漠的概况，发现了众多河流、水草，茂盛的绿洲、水域宽阔的湖泊以及各种野生动物，丰富了人们对新疆南部沙漠地理特征的认识。尤其是发现了沉睡千余年的楼兰古城，对研究大漠古人类时期的演变、对研究古代东西方的交通和文化交流，具有十分重要的意义。

# 尾声

≈≈

## "我把自己嫁给了中国"

满头稀疏的银发，瘦削的身材，戴一副老花镜，步履迟缓。岁月无敌，进入暮年的斯文站在庭院，拄着拐杖，目视远方。脑海里萦绕着大漠往事，半天一动不动，像一尊经受风雨侵蚀依然顽强的雕塑。

西边天际晚霞绚丽，太阳把一天中最后的光和热，慷慨地洒向大地万物。白云飘浮，一团团，一朵朵，像天马，似苍狗，急急穿行，缓缓移动。

此刻，已86岁的斯文，疾病缠身。像所有上了年纪的人都爱沉溺在美好往事中一样，他的记忆停留在了大漠探险的经历中。

桌上的驼铃仿佛在提醒他大漠往事，他常常想起远方的好友，机警过人的豹子、力大无穷的大块头、文武双全的枪王、行走如飞的长腿……他抱病创作的回忆自传《我的探险生涯》，书中真情流露，深深地扣动了读者的心弦，取得了意想不到的成功，先是英文版，随即瑞典文版、德文版……几年间被译成了十几种文字，成为他众多作品中最脍炙人口、译文文种最多的一部。

随着病情的恶化，斯文被紧急送进医院。闻讯前来探望的要人、亲朋、读者络绎不绝，他已认不出来访者是谁。

已婚的小妹专程从另一座城市赶来照料大哥，她特意穿了一件丝绸做的旗袍——那是斯文从中国带回的布料，也是她最喜欢的礼服。岁月流逝，小妹也老了，身材发福，脸上有了浅浅的纹路。

"你是，恰娃？"斯文望着她，吃力地说。小妹眼睛一酸，她曾经听母亲说过，恰娃和她的丈夫——吉伦，是大哥初次走出国门踏上探险之旅时遇到的好友，他们有一对可爱的小宝宝，一家人还专程来家里拜访过。

望着处于昏迷状态的大哥，此刻，那瘦小的身体显得愈发瘦小——多年病魔缠身，斯文瘦得只剩下一副骨架。想起从前灵敏强健的大哥，泪珠像断线的珍珠，一滴又一滴。

疼痛让他焦躁不安，他徒劳地挥动手脚，想驱赶痛苦。他嘴唇嚅动着，发出含混不清的声响，布满深深皱纹的脸上，一阵神经质地抽搐、痉挛。

小妹拿过床头柜上那对驼铃——经过岁月的打磨，这对普通的铜质驼铃，被斯文无数次怀着深情厚爱的抚摸、擦拭，全身金黄，通体发亮，它无声地陪伴着斯文度过了无数个白天和夜晚，见证了他激情燃烧、奋笔疾书的全过程，那一部部神采飞扬的恢宏巨著，在它的目视下写就。它给予斯文精神养分，赋予斯文灵感激情。只要一看到它，听到那熟悉的驼铃声，斯文的心情就一片明净，眼前就浮现出一生最美好的岁月。

斯文的手触到那对驼铃，像服了一针镇静剂，神情安详、坦然。病房里十分静谧。小妹翻开斯文写的《丝绸之路》，轻轻地读起来：

"夜里，远处传来阵阵铃声，很轻很轻，时有时无。铃声渐渐移近，越来越清脆，随着骆驼迈出的步子响起有条不紊的节奏。驼铃声越来越响，当第一头骆驼经过我们的帐篷时，那铃声直响得震耳，划破了夜的寂静。骆驼就这样一峰又一峰地过去了，我总算听到了最后一峰骆驼的铃声，听着它渐渐远去。我聆听着，深深地为这古老而熟悉的铃声打动，正是这千百年来回响在商队经过的古道上的特殊旋律，常伴着旅人商贾展开了一幅幅多姿多彩、震撼人心的沙漠生活图景。"

斯文似乎听到了，安静下来。驼铃就在他的手边，他的胸脯一起一伏。他倾听着大漠风暴奏出的雄浑悲歌，身心一片阳光，脸上映现出安详。

"每到晚上，或枕清泉而宿，或伴营火而眠。夜晚在铺在地上的睡袋里做美梦，早晨可以呼吸清新的空气。

"从一个营地到另一个营地，无论是沙漠或是草原，日复一日展现的都是平淡而又荒凉的景象。可是，从来没有人厌倦过，而且还永远不会感到满足。凡是到过沙漠的人，总是渴望能旧地重游。这广袤无垠的大地，如同大海一般，使人就像着了魔一样地迷恋它。"

读着读着，小妹发现他入睡了，真的睡着了，呼吸均匀，脸上竟然涌现红晕。他的心和灵魂，行走在大漠，行走在丝绸之路，行走在古城楼兰。

护士轻轻推开病房的门，小妹走出来，护士迎上去："这位小姐，一定要见一下先生。"

门口站着一个身材高挑、长着一头瀑布似的乌黑的长发、目光清澈如一泓清泉的东方姑娘，她口气中含着急切与焦虑："先生好吗？我一定要见见先生。"

"他不能会见客人，"小妹摇摇头，眼睛含着忧伤，"他已认不清任何人了。"

"我从中国新疆来，母亲叮嘱我，一定要当面把这幅画交给先生。"姑娘拿出一幅图，展开，小妹眼前一亮，这张"骆驼与少女图"，她是多么熟悉，那是大哥的手笔。

中国，新疆。骆驼，少女。小妹知道，这个不同寻常的东方来客，一定带着一段不同寻常的故事，一定是大哥最愿意看到的，听到的。

"先生，"姑娘握住斯文的手轻轻地说，"您还记得这幅骆驼与少女的画吗？"

仿佛心灵感应，斯文的手抖了抖，他听到了来自遥远的大漠的呼唤，他努力睁开眼，看到了面前的姑娘，那脸盘，那秀发，尤其是那清澈水灵的大眼睛，他的双手一下子有了力气："苗苗！"

他看看姑娘，又看看那幅画，记忆的闸门一下子打开，他以微弱的语气说："真是你啊，苗苗。"

"我是她的女儿。"看见斯文被疾病折磨的痛苦模样，姑娘的眼中噙着泪水，她抓住斯文的手，摇晃着，"我的父亲豹子、母亲苗苗，总是念叨先生。"

"豹子，苗苗，他们，好吗?"听到远方朋友的信息，斯文太激动了。

"父亲几年前已经去世了。他在一次放牧中遇到暴风雪，再也没有回来。我的母亲，一直在村口等他，眼泪流干了，失明了……"

姑娘的讲述，斯文好像听到了，那个强壮有力、勇敢的豹子，离开了人世；那个喜欢画画、爱唱歌的美丽少女苗苗，双目失明，再也看不清他赠送给她的骆驼与少女图了……

弥留之际，他断断续续地说，他累了，他要带上那对驼铃，那幅画，还有他的书，让这些物件陪伴他。

"我把自己嫁给了中国……"说完，他闭上了眼睛。